キミが開く
恐《きょう》怖《ふ》の扉《とびら》
ホラー
傑《けっ》作《さく》
コレクション

死者たちの声

有栖川有栖　小野不由美　小池真理子　朱野帰子

朝宮運河 編

目次

死者たちの声

ミステリー研究会の幽《ゆう》霊《れい》

有《あり》栖《す》川《がわ》有《あり》栖《す》

体育の授業《じゅぎょう》で張《は》り切《き》りすぎたせいで階段《かいだん》を上るのがきつい。踊《おど》り場《ば》でひと息入れなくてはならなかったほどだ。お婆《ばあ》さんじゃあるまいし、と華穂《かほ》は笑いたくなった。

天井《てんじょう》が低く、横にやたら長い二階建ての部室棟《とう》。私立理秀院《しりつりしゅういん》高校ミステリー研究会に宛《あ》てがわれた部室は、西の端《はし》にある。隣接《りんせつ》した体育館の影《かげ》が掛《か》かって場末《ばすえ》感の漂《ただよ》う一室だが、そこが空《あ》いていたおかげで新参のサークルが部室を得られたのだから、創設者《そうせつしゃ》である華穂に不満はない。

生物部、詩吟《しぎん》部、映画《えいが》研究会、鉄道研究会……。いくつもの部屋の前を通《とお》り過《す》ぎて、やっと〈われらの城《しろ》〉にたどり着く。中から小さな話し声が洩《も》れていた。

「あー、ふくらはぎが痛《いた》い」

大袈裟《おおげさ》に言いながら入ると、菊井亜美子《きくいあみこ》と大下啓斗《おおしたひろと》が同時に顔を上げた。長机《ながづくえ》を挟《はさ》んで掛《か》けた二人の間には、『月刊《げっかん》☆神秘《しんぴ》と驚異《きょうい》』の最新号が。今月の特集は〈超古代《ちょうこだい》文明・徹《てっ》底再検証《ていさいけんしょう》〉で、あまり新味はない。

「どこかで打ったの？」

亜美子が訊《き》いてくるので「バスケでがんばりすぎて」と答えたら、啓斗が「柄《がら》にもない」とつれなく言った。

「体育の授業《じゅぎょう》がかったるい、といつもこぼしているくせに、なんで筋肉痛《きんにくつう》になるまでがんばるかな。言行不一致《げんこうふいっち》だろ」

「気まぐれで熱くなることもあるの。人間だから」

言い返して、亜美子の隣《となり》のパイプ椅子《いす》に腰《こし》を下ろす。ふくらはぎだけではなく左の臀部《でんぶ》にも張《は》りがあったのだが、場所が場所だけに黙《だま》っていた。

長身の啓斗がぬっと立ち上がったかと思うと、ペットボトルの烏龍茶《ウーロンちゃ》を紙コップに注いできてくれる。

「まぁ、養生《ようじょう》してください、氷川《ひかわ》会長」

「ありがとう」と受け取りながら、華穂は尋《たず》ねる。「で、本日は何が？」

彼《かれ》は、ブレザーのポケットに両手を入れて苦笑《くしょう》した。

「怪奇現象《かいきげんしょう》はうちの日常《にちじょう》だからなかったはずがない、と言いたげだな。あったよ。椅子《いす》が入《い》れ替《か》わっていた」

〈われらの城《しろ》〉はいたって殺風景だ。ドアの脇《わき》にオカルト関連の雑誌《ざっし》や書籍《しょせき》が並《なら》んだ書棚《しょだな》がある以外は、向かい合わせにくっつけた長机《ながづくえ》が二つとそれを囲むパイプ椅子《いす》が六脚《きゃく》だけ。

「どれが？」

自分が腰掛《こしか》けている椅子《いす》の背《せ》もたれを叩《たた》いて答えたのは亜美子だ。

「これと大下君が座《すわ》っていたやつ。こっちのは脚《あし》が凹《へこ》んでいて、向かいのは座面《ざめん》にインクの汚《よご》れがある。昨日は位置が反対だったんだけど、華穂、覚えてる？」

「インクがついた椅子《いす》の場所が変わってるのは判《わか》る。脚《あし》が凹《へこ》んだ椅子《いす》は……言われてみると反対側にあったかな」

「はい、満場一致《まんじょういっち》で怪異認定《かいいにんてい》」啓斗が手を打つ。「机《つくえ》を挟《はさ》んだ二脚《にきゃく》の椅子《いす》の場所が入《い》れ替《か》わっていた。すげー地味だな、今日のも。でも、これもちゃんと記録しておかなくっちゃ」

彼《かれ》は書棚《しょだな》の端《はし》からキャンパスノートを抜《ぬ》き出《だ》す。表紙には亜美子がレタリングした文字で〈理秀院高ミステリー研究会〉とある。ただの活動日誌《にっし》なのだが、五月からずっと不思議な現象《げんしょう》が続いているので、夏休み明けに啓斗が〈怪奇《かいき》日記〉と書き足していた。

「地味ではあるけれど、これも神秘《しんぴ》と驚異《きょうい》よね。わたしたちがいない間に椅子《いす》が勝手に移《い》動《どう》するわけないもん。常識《じょうしき》を超《こ》えた現象《げんしょう》であるのには違《ちが》いないでしょ」

亜美子が華穂の同意を求めると、啓斗がにやにやしながら腕組《うでぐ》みをして言う。

「だから菊井のその表現《ひょうげん》が大袈裟《おおげさ》だって。誰《だれ》かの悪戯《いたずら》の可能性《かのうせい》もあるのに。おれたちが見ている前でふわふわと宙《ちゅう》に浮《う》いたりしたら、物理的にあり得ないから常識《じょうしき》を超《こ》えるけれど」

「鍵《かぎ》、ちゃんと掛《か》かってたよ。部外者の悪戯《いたずら》だとしても、どうやって忍《しの》び込《こ》んだのか説明がつかない」

華穂がくるまでに、二人は問題の椅子《いす》に腰掛《こしか》けてそんなことを論《ろん》じ合っていたのだ。座《すわ》り心地《ごこち》に異状《いじょう》はないらしい。

「なんでもいいから、とりあえず大下君は座《すわ》って。百八十二センチに横で腕組《うでぐ》みして立たれると圧迫感《あっぱくかん》がすごいから」

「失礼しました、会長」

　啓斗は元の椅子《いす》に着席して、本日の怪奇現象《かいきげんしょう》を書き記していく。ボールペンを動かしながら、彼《かれ》からの報告《ほうこく》があった。

「昼休みに渡《わた》り廊下《ろうか》でユーマ先生と会ったら、『ミス研の宣伝《せんでん》をしておいたから、入会希望者が行くかもしれないぞ』と言ってたよ。時季はずれにも三日前に転校してきた一年生だって」

　うちの名ばかり顧問《こもん》が勧誘《かんゆう》活動をしてくれたのは初めてだ。

「女子？　男子？」と亜美子。男子希望、と目が言っている。

　男子だったらいいのにな、と華穂は思った。このミス研を創《つく》るにあたって啓斗の世話になっている。母親同士が友人で幼馴染《おさななじ》みの彼《かれ》が「仕方ねぇな」と力を貸《か》してくれたのだが、男女ともなかなか会員が定着せず、現在《げんざい》のメンバーはこの三人だけ。「男一人っていうのは淋《さび》しいものがある」と彼《かれ》がぼやくことがあった。

「『きみたちに可愛《かわい》い弟ができるといいな』と言ってたから男子だな。落ち着けよ、菊井。年下好きなのは自由だけど、最初のうちは爪《つめ》も牙《きば》も隠《かく》して――」

「しっ！　きたかも」

亜美子は、人が近づいてくるとすぐに察知する。ただ廊下《ろうか》の足音を聴《き》き取《と》るだけでなく、それがミス研を訪《たず》ねてきた人物のものだということまで当てるから、聴覚《ちょうかく》とともに勘《かん》がいいのだろう。

足音がドアの前で止まり、「失礼します」の声。高めの美声だ。

華穂の「はーい、どうぞ」に応《こた》えて入ってきたのは、小柄《こがら》な男子生徒だった。身長は、啓斗よりも頭一つ分ほど低い。髪《かみ》は、やや赤みを帯びた癖毛《くせげ》。色白で二重瞼《ふたえまぶた》の目元が涼《すず》しく、唇《くちびる》の形がよくて——これなら美少年のカテゴリーに入れてもよい、と華穂は判定《はんてい》した。亜美子の基準《きじゅん》はもっと甘《あま》いから、ご満悦《まんえつ》だろう。

「三日前に転校してきたトコロ・ショウと言います。この学校にはミステリー研究会があると柏《かしわ》先生に聞いて、見学させてもらいにきました」

「理秀院高校ミステリー研究会にようこそ」

華穂はにこやかに応対《おうたい》する。努めて笑顔《えがお》を作らなくても、自然に頬《ほお》が緩《ゆる》んだ。入会するかどうかはまったく未定で、ちょっと様子を見にきただけらしいから、ここで抜《ぬ》かりがあってはならない。

「会長をしている二年生の氷川です。ミステリー好きがこの部屋で好きな話に花を咲《さ》かせているだけの気楽なサークルだから、見てもらうものといっても、わたしたちが仲よくおしゃべりしているところと書棚《しょだな》に並《なら》んでいる本や雑誌《ざっし》ぐらいなんだけど。まぁ、お茶でも飲みながら色々と訊《き》いて」

彼女《かのじょ》が頼《たの》んだり合図を出したりするまでもなく、啓斗が紙コップに烏龍茶《ウーロンちゃ》を注いでいた。亜美子は、「ここにどうぞ」と空《あ》いている椅子《いす》を勧《すす》める。愛らしく作った気味のある声で。

「メンバーはこの三人だけなの。全員二年生だから、一年生のトコロ君に入ってもらえるとうれしいな。活動がもっと賑《にぎ》やかで楽しくなりそう」

「はい」と言ったきり、彼《かれ》は畏《かしこ》まっている。緊張《きんちょう》しているのか、おとなしい性格《せいかく》なのか。いずれにせよ、転校してきた三日後にミス研の門を叩《たた》いたのだから、UFOだの心霊現《しんれいげん》象《しょう》だの超古代《ちょうこだい》文明だの、世界の神秘《しんぴ》と驚異《きょうい》に興味《きょうみ》があるのは確《たし》かだろう。

三人が簡単《かんたん》に自己紹介《じこしょうかい》をした後、啓斗が訊《き》く。

「トコロ・ショウ君って、どんな字を書くの？」

「トコロは、寝床《ねどこ》の床《とこ》に風呂《ふろ》の呂《ろ》です。ショウは勲章《くんしょう》の章《しょう》」

「ああ、場所の所でも常日頃《つねひごろ》の常《つね》に風呂《ふろ》の呂でもなく、そっちの床呂《ところ》か。けっこう珍《めずら》しい。日本に二、三十人ぐらいしかいないだろうな」

いいぞ、と華穂は思った。文科系《ぶんかけい》サークルでは、物知りの先輩《せんぱい》が下級生の憧《あこが》れを誘《さそ》うこともある。長身の雑学《ざつがく》博士は続けた。

「入会したとして、気が向いた時に顔を出してくれたら充分《じゅうぶん》だよ。たいてい何人かいて――といっても最高で三人だけど――、浮《う》き世離《よばな》れした話をしてる。面白《おもしろ》そうだと思う本があれば、家に持って帰ってもかまわない。雑誌《ざっし》のバックナンバーもあるよ」

床呂章は、ここで初めて書棚《しょだな》に目をやった。質量《しつりょう》とも自慢《じまん》するほどのものではないにせよ、同好の士を喜ばせる自信はあったのだが、美少年の瞳《ひとみ》は輝《かがや》かなかった。期待を裏切《うらぎ》られた当惑《とうわく》のような顔になり、「あの……」と言って口ごもる。

「どうしたの？」

亞美子も表情《ひょうじょう》を曇《くも》らせた。

「ここの蔵書《ぞうしょ》、ＵＦＯやオカルトに関するものばかりですね。雑誌《ざっし》は『ムー』や『神秘《しんぴ》と驚異《きょうい》』。もしかして……ミステリー研究会が研究しているのは、そういうものですか？」

華穂は、ありのままを答えなくてはならない。

「そう、うちはそういうものを研究している。もしかして、床呂君が好きなのは『ムー』的なものじゃなくて、推理《すいり》小説？」

「はい」

狭《せま》い部室に気まずい空気が満ちた。章は肩《かた》をすぼめて、「すみません」と詫《わ》びる。やはり名称《めいしょう》を変更《へんこう》すべきだったか、と今さらながらに反省する華穂を押《お》しのけ、ここで亞美子が前面に躍《おど》り出《で》た。

「床呂君は謝《あやま》ることなんてない。うちの名称《めいしょう》が紛《まぎ》らわしいせいで、これまでにも同じような人が何人もきたの。こっちこそ、ごめんね。――ところで、きみは『すみません』と言ったよね。『すみませんでした』だったら、『ぼくは縁《えん》がないので、さっさと帰ります』だけど、『すみません』に続くのは『早とちりしていました。はは』でしょ。こっちも『間《ま》違《ちが》わせてごめんね、はは』と笑ってから、『では、どうしましょう？』って話になるよね。そこらへん、話し合ってみましょう」

章は圧倒《あっとう》されたのか、席を立てなくなる。「はあ」とだけ小さく洩《も》らした。

亜美子がどんなセールストークを展開《てんかい》させるのか華穂が待っていたら、さっさとやって、とばかりに目顔で促《うなが》される。準備《じゅんび》をしていなかった会長は、このサークルの来歴から説明を始めた。

設立《せつりつ》されたのは今年の四月。オカルト好きの華穂が声を上げ、幼馴染《おさななじ》みでもある啓斗と「子供《こども》の頃《ころ》、不思議な幻《まぼろし》のお友だちがいた」と言う亜美子の三人でスタートしたのだが、実は前身がある。かつて本校にあったミステリー研究会は二十人の会員を擁《よう》し、年二回は会誌《かいし》を発行し、文化祭での研究発表は大好評《だいこうひょう》だったという。テレビで怪奇現象《かいきげんしょう》の真偽《しんぎ》を検《けん》証《しょう》し、人気を博した物理学者が「息子《むすこ》が理秀院高校に通っている」というだけの誼《よしみ》で特別顧問《こもん》に就《つ》いてくれたおかげもあって、隆盛《りゅうせい》を誇《ほこ》っていたのだ。

「そんな由緒《ゆいしょ》あるサークルなんだけど、栄枯盛衰《えいこせいすい》っていうのかな。盛者必衰《じょうしゃひっすい》？　特別顧問《こもん》の先生が亡《な》くなった頃《ころ》から勢《いきお》いがなくなって、十年前に廃部《はいぶ》になった。わたしは入学して以来、ずっとそれを復活《ふっかつ》させたかったの。勇気を出して学校に働きかけ、柏先生に味方してもらって、やっとできたのが今のミス研。だから、もっともっと盛《も》り上《あ》げたいと思っている。床呂君が加わってくれたら、本当にうれしい」

亜美子のアピールがかぶさる。

「入ってみたら楽しいかもしれないよ。人違《ひとちが》いから恋《こい》が始まることもある、って言うじゃない」

「誰《だれ》の言葉だよ」と鼻で笑ってから、啓斗がノートを差し出す。

「大したことはしていないけど、こんな感じでやってるんだ」

章は再《ふたた》び「はあ」と言って、手渡《てわた》されたノートを読みだした。断《こと》われないから少しは目を通すふりをしよう、というように。

亜美子は、居心地《いごこち》が悪そうに尻《しり》をもぞもぞ動かす。ふざけた文章を書き散らしている自覚があるせいだろう。こういうノリには付いて行けません、と思われたらおしまいだ。

紙をめくる乾《かわ》いた音がしばらく続いていたが、ある個所《かしょ》で章の手が止まる。どこを読んでいるのかこっそり覗《のぞ》いたら、自分が書《か》き込《こ》んだ〈セイリッシュ海の謎《なぞ》〉のページだったので、華穂はどきりとする。

「これって、実際《じっさい》にあったことなんですか？」

「うん。インターネットで見つけて、気になったからノートにまとめてみたの。不思議でしょう？」

「すごいミステリーですね」

推理《すいり》小説好きの琴線《きんせん》に触《ふ》れたらしい。

二〇〇七年八月二十日にカナダとアメリカの国境《こっきょう》にあたるセイリッシュ海で人間の足が発見されて以降《いこう》、同じ地域《ちいき》の海岸に人の足が次々に漂着《ひょうちゃく》し続けている。その数は、十年余《あま》りの間に十三本。いずれも靴《くつ》を履《は》いており、その多くはスニーカー。身元が判明《はんめい》したのは一件《いっけん》で、足以外の部位は発見されていない。何故《なぜ》、どこから、足だけが流れ着くのか？飛行機事故《じこ》やスマトラ島沖地震《おきじしん》の津波《つなみ》の犠牲者《ぎせいしゃ》のものではないか、犯罪組織《はんざいそしき》のしわざではないか等いくつもの仮説《かせつ》が唱えられているが、いずれも異様《いよう》な現象《げんしょう》の説明としてはあまりにも無理があり、謎《なぞ》は解《と》けていない。

食いついた。推理《すいり》小説好きというのは、こういうのに弱いのだ。

「こんな事件《じけん》は知らなかったなぁ。面白《おもしろ》いですね」

章は顔をほころばせて、ページをめくった。脈があるんじゃないの、と言うように亜美子が肘打《ひじう》ちをしてきた。啓斗は、よしよしと頷《うなず》いている。

他にも華穂がネット上で拾ったネタがいくつかあったのだが、あまり関心を示《しめ》してくれなかった。章の興味《きょうみ》を惹《ひ》いたのは、別のことである。

「これはネタですか？」

確《たし》かに閉《し》めたはずの窓《まど》が知らないうちに開いていたり、整理しておいた雑誌《ざっし》の順番が一夜にして乱《みだ》れていたり、というミス研で日常的《にちじょうてき》に起きている現象《げんしょう》のことだ。

「ネタっていうか……嘘《うそ》や冗談《じょうだん》じゃないよ。どれも現実《げんじつ》にあったことばかり。この部屋は何かおかしいの。ミステリーと呼《よ》ぶには小さなことばかりだけれど」

華穂が言うと、章は驚《おどろ》くほど真剣《しんけん》な顔になっていた。

「全然小さいとは思いません。どれもあり得ないことばっかりで、本当だったら立派《りっぱ》なミステリーです。ぼくには誰《だれ》かの悪戯《いたずら》だとしか――」

啓斗が「いいや」ときっぱり否定《ひてい》した。

「えーと、九月九日のところを見てもらえるかな。おれたち三人が帰ろうとして廊下《ろうか》に出た時、部屋の中で音がした。何だろうと鍵《かぎ》を開けて入ってみたら、帰り際《かえりぎわ》に書棚《しょだな》に戻《もど》したそのノートが机《つくえ》の上にあったんだ。人の目がなくなった途端《とたん》、瞬間移動《しゅんかんいどう》したみたいに。

悪戯《いたずら》だとしたら、どうやったんだろう？　方法がまるで判《わか》らない」

「ざわわとしたよね、あれは」と亜美子が両肩《りょうかた》を擦《さす》る。

そんなリアクションには目もくれず、章はノートを食い入るように見ていた。黙々《もくもく》とページをめくり、怪奇現象《かいきげんしょう》の記述《きじゅつ》を拾っているらしい。さっき啓斗が書《か》き込《こ》んだばかりの文章を読み終えるなり顔を上げ、ふうと溜《た》め息《いき》をついた。

「すごすぎる」

首をすくめるようにした亜美子が「……そう？」

「はい。この部室で何が起きているのかさっぱり判《わか》りません。おかしな現象《げんしょう》は多種多様で、発生する曜日や日付や間隔《かんかく》などに法則《ほうそく》はなさそうです。どういうことなんでしょうね」

章の視線《しせん》は、華穂に向けられていた。

「みんなで考えたけれど謎《なぞ》のまま。そのうち慣《な》れっこになって、『今日はどうだった？』『また窓《まど》が開いてたよ』なんて言っておしまいになってる。この部屋に一人でいても怖《こわ》いとは思わない」

「慣《な》れますか、こういうのに？　へぇ、そんなものかな。ぼくには、それも驚《おどろ》きです」

平気でいるあなたたちの方が怖《こわ》いよ、と言われた気がした。

「推理《すいり》小説にくわしい床呂君は、このミステリーについてどう考える？　何が起きているのか仮説《かせつ》が立てられたら教えてほしい」

啓斗に水を向けられて、章は額《ひたい》に手をやった。名探偵《めいたんてい》の推理《すいり》タイムみたいだな、と思いながら、華穂はそんな彼《かれ》を見つめる。

「ぼくは推理《すいり》小説のファンだから、超常現象《ちょうじょうげんしょう》というものをまったく信じていません。常識《じょうしき》では説明のつかないことがあっても、それは五感や脳《のう》が錯覚《さっかく》しているだけでしょう。この部屋で起きている現象《げんしょう》は色々ですけれど、ひと言で表わすことができます」

できるかな、と華穂は首を傾《かし》げた。

「つまり、誰《だれ》かがこっそり部屋に出入りしているんですよ。侵入《しんにゅう》して、中のものを勝手にいじっている」

「戸締《とじま》りはちゃんとしているんだけどな。それに、さっきおれが言った九月九日のケースなんて、侵入者《しんにゅうしゃ》は逃《に》げる間がなかったはずだ」

そんな啓斗の反論《はんろん》は、章の想定内だった。

「どうやって入り込《はい》むのか、どうやって出て行くのかは、ひとまず考えないことにします。何かトリックがあるんだろうから、そのうち判《わか》るでしょう。——問題にしたいのは、犯人《はんにん》がこの部屋に忍《しの》び込《こ》む目的です。ここには金目《かねめ》のものがありますか？」

代表して華穂が答える。

「見てのとおり。うちの全財産《ぜんざいさん》は書棚《しょだな》の本と雑誌《ざっし》で、値打《ねう》ちのあるものはないよ。ずいぶん古い雑誌《ざっし》のバックナンバーも置いてあるけれど、古本屋さんで安く買ってきたものばかり」

「プレミアがつくような雑誌《ざっし》ではなかったとしても、犯人《はんにん》にとってはどうしても入手したいものだったのかもしれません」

「目的のものがあったのなら、さっさと持ち去ればいいと思うけれど。何度もこそこそ泥棒《どろぼう》の真似《まね》をするなんて変」

「あれでもない、これでもない、と犯人《はんにん》は探《さが》している途中《とちゅう》だとは考えられませんか？　雑誌《ざっし》に載《の》ったある記事が見たいのかもしれない」

啓斗と亜美子も議論《ぎろん》に加わる。

「いや、それだったらノートに触《さわ》らなくていいだろ。何かヒントが書いてあるかも、と調べたのか？　そんなに見たいのなら、ノートを持って行きそうなもんだ」

「窓《まど》がしょっちゅう開いているのも、おかしいね。すばしっこいくせに、そこだけ間が抜《ぬ》けているのが引《ひ》っ掛《か》かる」

章は、また少し考えてから口を開いた。

「皆《みな》さんが言うとおりです。窓《まど》を開けたままにするのは不自然すぎますね。これまでの話を総合《そうごう》すると、どうやら犯人《はんにん》は自分がこそこそ出入りしていることを皆《みな》さんに気づいてもらいたがっているようです」

三人の先輩《せんぱい》は顔を見合わせた。言葉を返したのは啓斗だ。

「そいつは何者で、どうしてそんな遠慮《えんりょ》がちなアピールをするんだ？」

「データが揃《そろ》っていないので答えられません。はっきりしたメッセージがあったのに、皆《みな》さんが見落としている可能性《かのうせい》もあります」

「変なことがあるたびに記録しているんだけれどな」

「だとしたら、これから何か大きなことが起きるかもしれません」

章が活《い》き活《い》きとしてきた。このタイミングを逃《のが》してはならない、と華穂は見た。

「ねぇ、床呂君。まだ謎《なぞ》を解《と》くためのデータが揃《そろ》っていなくて、これから何か決定的なことが起きるんだとしたら、わたしたちと一緒《いっしょ》に目撃《もくげき》してみたくない？　とても珍《めずら》しい経験《けいけん》ができるかもしれないよ」

返事はイエスか、ノーか？　三人が注目していると、章は「えっ？」と調子はずれな声を発した。

「……窓《まど》が少しだけ開いてます。さっきまで完全に閉《し》まっていたのに」

指差す方を見たら、三センチほど開いていた。

「部屋が冷えてきたな、と思ったら、これかよ！」

啓斗が怒《おこ》ったように言う。章はぴょこんと立って、窓《まど》から首を突《つ》き出《だ》した。

「雨樋《あまどい》を伝って誰《だれ》かが上ってくるのかと思ったけど、できそうにありませんね。この雨樋《あまどい》は窓《まど》から離《はな》れているし、子供《こども》の体重も支《ささ》えられない。屋上や隣《となり》の部屋から何かできそうでもないし……どういうことだろう？」

話しているうちに日が傾《かたむ》き、外は暗くなりかけている。

「皆《みな》さんが部屋にいる時に、こういうことが起きたのは初めてですか？　特別な現場《げんば》に立ち会いましたね、ぼく」

　そっと窓《まど》を閉《し》めて振《ふ》り向《む》いた章に、華穂は言う。

「ミス研にまとわりついている何かが、床呂君の入会を歓迎《かんげい》して挨拶《あいさつ》してくれたみたい。正体を見極《みきわ》めずにいられないと思わない？　データが揃《そろ》って、きみの推理《すいり》がまとまったら聞かせて」

　ついに章が「はい」と答えてくれたので、華穂は亜美子とハイタッチした。

「よぉし、怪奇現象《かいきげんしょう》のおかげで一年生が入ってくれた。幽霊《ゆうれい》様々だな」

　啓斗は意識《いしき》もせずに言ったのだろうが、怪奇現象《かいきげんしょう》について〈幽霊《ゆうれい》〉という言葉が出たのは初めてだった。聞《き》き捨《ず》てならなかったのか、亜美子は笑顔《えがお》をいったん引《ひ》っ込《こ》めて質《ただ》す。

「大下君、窓《まど》を開けたり雑誌《ざっし》やノートをいじったりしているのは幽霊《ゆうれい》だと思ってるの？　なんでこの部屋にそんなものが出るのよ」

「仮《かり》に幽霊《ゆうれい》と呼《よ》んだだけで、この部屋に何かが取《と》り憑《つ》いてるなんて思ってない。うちの前にこの部屋を使っていたのは占《うらな》い研究会で、その時には異状《いじょう》はなかったらしいから、幽霊《ゆうれい》が部屋に憑《つ》いているわけじゃない」

彼《かれ》は、占《うらな》い研にいた女子生徒にそれとなく様子を聞いていていたのだ。

「正体の究明はこれからだ。頼《たよ》りにしてるよ、名探偵《めいたんてい》で怪奇《かいき》ハンターの床呂君。ミス研のプリンス」

啓斗に言われた章は、照れながらもうれしそうだった。この先輩《せんぱい》たちなら馴染《なじ》めそうだ、と思ってくれたのだろう。

烏龍茶《ウーロンちゃ》で乾杯《かんぱい》し、章はたちまち打《う》ち解《と》ける。

「超常現象《ちょうじょうげんしょう》をまったく信じていない、と言いましたけれど、興味《きょうみ》はあるんです。推理《すいり》小説ファンは不思議な話が大好物ですから。ぼくはホラー小説もよく読んでいます。あそこにある本や雑誌《ざっし》にも面白《おもしろ》そうなのがありましたね。たとえば――これ」

彼《かれ》は、華穂が古本屋で見つけてきた『ムー』を手に取る。一九九二年二月号で、イギリスのレイライン特集に惹《ひ》かれると言う。

「スティーヴン・ローズという作家の『ゴースト・トレイン』という小説を知りませんか？　レイラインと線路がややこしいことになったせいで、鉄道が呪《のろ》われて大変なことになるんです」

「知らないけど面白《おもしろ》そうだな」啓斗が言う。「おれたち向きの小説があったら教えてよ。これからのミス研は、話題の幅《はば》が広がりそうだ」

「わたし、推理《すいり》小説も読んでみようかな。ゴシックな感じでお薦《すす》めがあれば――」

亜美子が話している時、啓斗のシャープペンが理由もなく机上《きじょう》を転がりだしたので、全員がはっとなる。ペンは、机《つくえ》の端《はし》からぽろりと床《ゆか》に落ちて跳《は》ねた。

先ほども申したとおり、わたしは超常現象《ちょうじょうげんしょう》だのオカルトだのには昔から関心がなく、そういうものを面白《おもしろ》がる人の気持ちがよく理解《りかい》できません。人間は色々なことを空想するものだな、と思うばかりでした。

高校で物理の教師《きょうし》をしていますから、現代《げんだい》の科学で森羅万象《しんらばんしょう》を説明できないことは承知《しょうち》しています。人間がまるで気づいていない自然界の隠《かく》れた法則《ほうそく》がないとは言えないことも。また、死別した愛《いと》しい人に再《ふたた》び会いたいとか、死んだら無になるとは考えたくないと希《ねが》い、幽霊《ゆうれい》や霊魂《れいこん》を思《おも》い描《えが》いてしまう心情《しんじょう》は痛《いた》いほどよく判《わか》ります。ですから、超常現象《ちょうじょうげんしょう》やオカルトを信じる人たちを馬鹿《ばか》にすることもありません。

ミステリー研究会の設立《せつりつ》にあたり、氷川華穂から顧問《こもん》に就《つ》くよう頼《たの》まれたのは、わたしが授業中《じゅぎょう》に雑談《ざつだん》モードになった際《さい》、そういう話をしたせいでしょう。『柏先生だけが頼《たよ》りです』と手を合わされて、熱心さにほだされて引き受けたんです。

わたしは彼女《かのじょ》の一年次の担任《たんにん》で相談を持《も》ち掛《か》けやすかったんでしょうけれど、それだけではなく別の計算もあったらしい。超常現象《ちょうじょうげんしょう》やオカルトを研究するなんて、子供《こども》っぽいだけでなく不健全かつ危険《きけん》だから、部活動として許可《きょか》されないのではないか。創部《そうぶ》のためには、決して怪《あや》しいものでない、というお墨付《すみつ》きがほしい。そこで、物理の教師《きょうし》であるわたしを顧問《こもん》に据《す》えて、科学の光を当てて世界の不思議を検証《けんしょう》する知的なサークルである、と学校側に認《みと》めさせようとしたんです。

悪くない発想だったと思います。氷川の狙《ねら》いどおりにことが運び、由緒《ゆいしょ》あるミステリー研究会は復活《ふっかつ》しました。「先生のおかげです」と感謝《かんしゃ》されましたけれど、あの子の熱意と行動力の賜物《たまもの》ですよ。

彼女《かのじょ》に釣《つ》られて「由緒《ゆいしょ》ある」なんて表現《ひょうげん》を使ってしまいました。理由は、これも先ほどお話ししたとおり。かつて同じ名前のサークルが本校にあり、活発に活動していたことがあったからでして、氷川は、それを知って自分が甦《よみがえ》らせようとしたんです。

わたしは奉職《ほうしょく》して五年目なので、かつてのミステリー研究会がどのようなものであったか詳細《しょうさい》は存《ぞん》じません。ひと頃《ころ》、テレビにもよく出演《しゅつえん》なさっていた物理学者の多和田《たわだ》教授《きょうじゅ》が特別顧問《こもん》にお就《つ》きになっていたそうで、時には先生を学校にお招《まね》きして囲み、わいわい楽しくやっていたと聞きます。多和田教授《きょうじゅ》がご病気で亡《な》くなってから勢《いきお》いを失い、廃部《はいぶ》に。それが十年ぶりに復活《ふっかつ》したわけです。

氷川華穂が会長。彼女《かのじょ》とは小学生時代からの友人である大下啓斗と二人での旗揚《はたあ》げでした。わたしは当初から、はたして会員が集まるだろうかと危惧《きぐ》していたんです。氷川がすぐにクラスメイトの一人、菊井亜美子の勧誘《かんゆう》に成功し、その後もぽつぽつと入会希望者はやってきたんですが、案じていたとおり定着してはくれませんでした。

顧問《こもん》のわたしがうるさいことを言ったせいかもしれません。心霊《しんれい》スポットを探訪《たんぼう》するとか、本に書いてあるおかしな儀式《ぎしき》を再現《さいげん》するとかいったことを厳《きび》しく禁《きん》じたんです。部活動としての健全さを保持《ほじ》するため、怪《あや》しげなことは許可《きょか》しませんでした。放課後に集まり、世界の不思議や謎《なぞ》について語り合うだけでは、刺激《しげき》が足りなかったのでしょうか。ホラー映画《えいが》マニアの一年生も、映研《えいけん》に取られてしまいました。

それでも氷川たち三人は部活を楽しんでいましたね。様子を窺《うかが》うために一度だけ部室に顔を出したら、UFOやらUMAやらの話で盛《も》り上《あ》がっていて、門外漢のわたしにあれこれ解説《かいせつ》してくれるんです。UMAというのは初耳でしたが、ネッシーのような未確認《みかくにん》生物のことだそうですね。わたしの名前は柏悠馬《ゆうま》なので、ミス研内ではユーマ先生と呼《よ》ばれるようになってしまいました。

会員の三人が雑誌《ざっし》を見ながら「この写真はあり得ないよね」とか「目撃証言《もくげきしょうげん》、ブレすぎ」とか突《つ》っ込《こ》みを入れて笑っていたので、正直なところ安心したものです。この子たちは、世界の不思議をネタにして遊んでいるだけなんだな、と。

逆《ぎゃく》に言うと、そういうところが気に食わなくて去った入会希望者もいたんでしょうね。大下なんて「霊感《れいかん》があるとか言う奴《やつ》が苦手」と公言していて、氷川と菊井も「判《わか》る」と同調していましたから。

コーヒーのお代わり？　ありがとうございます。今は結構《けっこう》です。

そんな雰囲気《ふんいき》だったから、「この部屋ではおかしなことが起きるんですよ」とあの子たちが言うのを、てっきり冗談《じょうだん》かと思《おも》い込《こ》んでいました。「窓《まど》が独《ひと》りでに開くんです」と半笑いで言われたら、「戸締《とじま》りには気をつけろよ」と注意するしかありません。その時点で、つまり五月の中頃《なかごろ》から不穏《ふおん》なことは始まっていたんでしょう。

いつの間にか窓《まど》が開いたり、本や雑誌《ざっし》が動いていたり、といったことが十一月まで断続《だんぞく》的《てき》に続いたら気味が悪くなってもおかしくないのに、氷川たちはわたしに相談しようとしませんでした。そこがあの子たちの変わっている点だと言えます。超常現象《ちょうじょうげんしょう》をネタにして戯《たわむ》れているうちに、感覚が鈍麻《どんま》していたのではないでしょうか。ささやかな怪奇現象《かいきげんしょう》に慣《な》れてしまい、エスカレートするなんて想像《そうぞう》もしなかったらしい。

床呂章がミス研を訪《たず》ね、すぐに入会を決めたのは十一月三十日でした。ご両親がこちらに引《ひ》っ越《こ》し、福岡《ふくおか》にある系列校《けいれつこう》から転校してきた生徒です。二学期の初めに転入してくる予定だったのが、ご両親の事業の都合で時期がズレてしまったのだとか。

わたしがミステリー研究会の顧問《こもん》をしていると知るなり、「興味《きょうみ》があるので、説明を聞いてみます」と目を輝《かがや》かせていました。うちのミス研を推理《すいり》小説研究会と勘違《かんちが》いしている、と気がつかなかったのは迂闊《うかつ》ですが、さっきお話ししたような経緯《けいい》で彼《かれ》は四人目の会員になったんです。

非常《ひじょう》に不可解《ふかかい》なのですが、彼《かれ》が入会するなり、ミス研がおかしくなりました。因果《いんが》関係は不明です。いや、関連があるのかどうかさえも……。

閉《し》めたはずの窓《まど》が開く、書棚《しょだな》の本や雑誌《ざっし》が動く、という子供《こども》の悪戯《いたずら》のような次元を超《こ》えた現象《げんしょう》が起きるようになりました。何となく部室の空気が淀《よど》んで感じられたり、頭が痛《いた》くなったりという段階《だんかい》では、換気《かんき》がよくないのが原因《げんいん》だと思っていたようですが、どうやらそうではないらしい。

まさか呪《のろ》いや祟《たた》りではあるまいな、と彼《かれ》らが考え始めた頃《ころ》――床呂の入会から一週間も経《た》っていません――、氷川が「襲《おそ》われた」と言ってきました。不審者《ふしんしゃ》が侵入《しんにゅう》したのかと慌《あわ》てたら、違《ちが》うんです。部室に入るなり、何者かが、あるいは何かが後ろから覆《おお》いかぶさってきて、床《ゆか》に倒《たお》されたと怯《おび》えて言う。

後ろ手にドアを閉《し》めた途端《とたん》に背後《はいご》から何かがのしかかってきた、だなんて理屈《りくつ》に合いません。その時の彼女《かのじょ》の後ろには閉《し》まったドアしかないんですから。本人も重々承知《しょうち》しながら、「でも、後ろからきたんです」と言い、激《はげ》しく動揺《どうよう》していました。

何かの思《おも》い違《ちが》いだろう、としか考えられなかったのですが、校内における生徒の安全に関わることですから無視《むし》できません。やりかけていた作業を中断《ちゅうだん》し、怖《こわ》がる氷川を伴《ともな》って部室に向かいました。

部室の前に立つと、中に誰《だれ》かがいる気配を感じました。警戒《けいかい》しながらドアを開くと同時に、長机《ながづくえ》を挟《はさ》んで座《すわ》っていた大下と床呂が、わっと立ち上がってこちらに突進《とっしん》してきたので、びっくりしました。どうしたのかと訊《き》くと――。

彼《かれ》らは氷川と入《い》れ違《ちが》いに部室にやってきて、椅子《いす》に座《すわ》ってお茶を飲んでいたそうです。二、三分した時、二人は誰《だれ》かに右足首を摑《つか》まれたのを感じて、顔を見合わせました。どちらも両手を長机《ながづくえ》の上に出しているし、机《つくえ》の下に誰《だれ》かが隠《かく》れているはずがないのを部屋に入った時に見ている。ぞっとして同時に立とうとしたら、体の自由が奪《うば》われていました。足首を摑《つか》まれているだけなのに、全身が動かないんです。

恐怖《きょうふ》のあまり声も出なくて、どうしていいか判《わか》らなくなっていたんですが、わたしがドアを開けた瞬間《しゅんかん》に呪縛《じゅばく》が解《と》けた、と。よほど怖《こわ》かったのか二人とも呼吸《こきゅう》が荒《あら》くて、床呂なんて上半身を顫《ふる》わせていました。

室内の気配を窺《うかが》ってみたんですが、わたしには何も感じられません。それでも「気のせいだろう」と気休めを口にするのはためらわれました。何のきっかけもなく二人が同じタイミングで同じ錯覚《さっかく》に襲《おそ》われるのは、これまた理屈《りくつ》に合いませんから。

混乱《こんらん》しているところへ、氷川のスマホに電話がかかってきます。菊井からでした。彼女《かのじょ》は誰《だれ》よりも早くに部室にやってきて怪奇現象《かいきげんしょう》に遭遇《そうぐう》し、気分が悪くなって保健室《ほけんしつ》で休んでいました。ようやく落ち着いたので、「部室がおかしい。行っては駄目《だめ》」と報《しら》せてきたんですよ。

部屋に入って日誌《にっし》のノートを取ろうとしたら、後ろからポニーテールにしている髪《かみ》の毛《け》を強く引かれた、と言います。そして、耳元で「馬鹿《ばか》にするな」と誰《だれ》かが囁《ささや》く声を聞いたのだとか。

どんな声か？　若《わか》い男のようだったそうです。自分たちと同じ高校生かもしれない、と言っています。聞き覚えのある声ではなかった、とも。

どう対処《たいしょ》していいものか迷《まよ》ったわたしは、ひとまず部室に鍵《かぎ》を掛《か》けて封鎖《ふうさ》することにしました。そんなことをしなくても、彼《かれ》らは怪奇現象《かいきげんしょう》がなくなるまで部屋に入るのを拒否《きょひ》したでしょうけれど。

退去《たいきょ》する前に、日誌《にっし》のノートを持って出ました。原因《げんいん》究明の参考にするためです。廊下《ろうか》でそれを開いてみて、今度はわたしが身顫《みぶる》いせずにおられませんでした。生徒たちから隠《かく》したんですけれど、覗《のぞ》き込《こ》んだ大下がはっとするのが判《わか》りました。彼《かれ》、両掌《りょうて》で口元を押《お》さえて、言葉を呑《の》み込《こ》んでいました。よけいなことを言って他の二人を心配させたくなかったからですよ。

現物《げんぶつ》を持参していますので、ご覧《らん》ください。生徒たちが話していた怪奇現象《かいきげんしょう》についても、簡単《かんたん》ながらすべて記録されています。

わたしを驚《おどろ》かせたのは、最後のページ。

真っ黒です。その二ページだけ紙がふにゃふにゃになっていますから、墨《すみ》がべったり塗《ぬ》ってあるのかと思ったら、そうではない。鉛筆《えんぴつ》かシャープペンで塗《ぬ》り潰《つぶ》してあるのがお判《わか》りいただけますね？　いくら時間をかけて根気よく塗《ぬ》っても、生半《なまなか》なことでは、こんなふうにはできないでしょう。執念《しゅうねん》というより狂気《きょうき》、いえ、怨念《おんねん》めいたものを感じます。

それが今週の火曜日のことです。

誰《だれ》に相談をしていいやら判《わか》らず、すっかり当惑《とうわく》してしまいました。教頭や校長に報告《ほうこく》したところで、「生徒の悪ふざけじゃないのか。やはりあんな不真面目なサークルは認《みと》めるべきではなかった」という反応《はんのう》が返ってくるのが目に見えている。わたしにできることは、当面、ミス研の活動を休止にすることだけでした。

翌日《よくじつ》、部室に入ってみたんです。何がどうなっているのか理解《りかい》できず、何をどう調べたらいいかも判《わか》らないまま、とにかく様子を見るために。

おかしなことが起きたか？　いいえ。

ただ、これは気のせいなのかもしれませんが、部屋に留《とど》まっていると嫌《いや》な感じがしました。どこからともなく何者かが自分を観察しているような……。身を隠《かく》す場所なんてないのに、思わずきょろきょろ部屋を見回して、誰《だれ》かいないか確認《かくにん》したぐらいです。

何かが変だ。

これは超常現象《ちょうじょうげんしょう》の専門家《せんもんか》にこっそり相談してみるしかないのではないか、と考えたところで、はたと思い出しました。去年の秋に教育委員会の研修《けんしゅう》に参加した時のこと。大学時代に同期だった女性《じょせい》と久《ひさ》しぶりに会って雑談《ざつだん》をしていて、妙《みょう》なことを耳にしました。心《しん》霊現象《れいげんしょう》についての調査《ちょうさ》を専門《せんもん》にする秘密《ひみつ》めいた探偵《たんてい》がいるらしい。世の中には色々な仕事があるものだ、と。事務所《じむしょ》の電話番号はこんな語呂《ごろ》合わせらしい、ということも彼女《かのじょ》は話しました。そんな探偵《たんてい》が実在《じつざい》するとは思えず、冗談《じょうだん》でないのならばいわゆる都市伝説の類《たぐい》だろうと思ったんですが……。

電話番号の語呂《ごろ》合わせが記憶《きおく》にあったので、駄目《だめ》で元々というつもりで、昨日こちらにご相談のお電話をいたしたわけです。今日は授業《じゅぎょう》が終わるなり、できるだけ早く学校を出てきたのですけれど、こんな時間になって申《もう》し訳《わけ》ありません。

いかがでしょう、濱地《はまじ》先生。

これは先生にお調べいただくべき事案ですか？　そんなことからして判断《はんだん》しかねているのです。

わたしの説明だけでは要領《ようりょう》を得ないことが多々あったかと思いますので、ご不明の点については何でもお尋《たず》ねください。

1＋1＝2。

転んだら痛《いた》い。

食べないとお腹《なか》がへる。

当たり前すぎて、つまらない。

万有《ばんゆう》引力の法則《ほうそく》。

エネルギー保存《ほぞん》の法則《ほうそく》。

ボイル＝シャルルの法則《ほうそく》。

習ったので、どういうことかは理解《りかい》している。

死んだニャン吉《きち》はもう抱《だ》っこできない。

死んだお祖父《じい》ちゃんにはもう会えない。

はい、知っています。

世の中、当たり前のことばかり。当たり前が当たり前でなくなったら困《こま》るだろうけれど、当たり前ばっかりだと息が詰《つ》まりそう。どうせおまえら人間は、この狭苦《せまくる》しい当たり前という檻《おり》の中で生まれて死んでいくだけ、と誰《だれ》かが嗤《わら》っているような気がする。

えっ、嘘《うそ》！

信じられない！

でも、本当なんだ！

当たり前が吹《ふ》っ飛《と》ぶようなことが、もっともっとあればいいのに。不思議や神秘《しんぴ》や驚異《きょうい》やミステリーに触《ふ》れて、わくわくしたい。

華穂は、そう思ってミス研を創《つく》った。自分と同じように考えている友だちと出会いたかったのだ。その希望が充分《じゅうぶん》かなわないうちに、予想もしなかったことに見舞《みま》われた。当たり前を蔑《ないがし》ろにした報《むく》いなのだろうか？

背後《はいご》からのしかかってきたモノの何とも言えない異様《いよう》な質感《しっかん》が、六日経《た》っても背中《せなか》に残っている。おおよそヒトのようでもあったが、透明《とうめい》なヒトが虚空《こくう》から出現《しゅつげん》するわけがない。

啓斗、亜美子、章を巻《ま》き込《こ》んでしまったのが悔《く》やまれる。何がどうなっているのか判《わか》らないが、自分がミス研を創《つく》らなければこんなことは起きなかったはずで、責任《せきにん》を感じてしまう。みんな自分を責《せ》めたりしないのだけれど。

責任《せきにん》と言えば――金曜日の放課後に廊下《ろうか》で会うと、章がひどくしょげていた。

「ぼくが入会した途端《とたん》に変なことになってしまい、すみません。どうしてこうなったか判《わか》らないけれど、原因《げんいん》はぼくにあるのかもしれません」

「ないない。床呂君って自意識過剰《じいしきかじょう》ね」と一笑《いっしょう》に付したが、内心、引《ひ》っ掛《か》かるものがあった。

「偶然《ぐうぜん》じゃないのかもしれない」

亜美子も疑念《ぎねん》が払《はら》えないようだった。章と怪奇現象《かいきげんしょう》がどうつながっているのかについては、さっぱり判《わか》らないようだが。

啓斗は「偶然《ぐうぜん》だよ」と言い切った。説明がつかない現象《げんしょう》は章が転校してくる半年以上も前から始まっていたのだから関係はない、と。しかし、章の登場が何かのきっかけになり、事態《じたい》が一気にエスカレートした可能性《かのうせい》もある。

他ならぬ章自身がそう考えていた。推理《すいり》小説ファンの彼《かれ》は、ただ怯《おび》えたり責任《せきにん》を感じたりするだけではなく、ミス研に降《ふ》りかかった怪異《かいい》の原因《げんいん》を推理《すいり》しようとしていた。

「あの部室には何かが棲《す》みついています。本来は凶暴《きょうぼう》なものではなくて、氷川さんたちをからかって遊んでいたんでしょう。それをぼくが刺激《しげき》してしまったみたいです。いったい自分の何が悪かったのか、心当たりはないんだけれど。ずっとそれを考えています」

華穂も一緒《いっしょ》に考えてみたが、それらしい答えは見つからなかった。入会したばかり、かつ最年少である彼《かれ》は、まだミス研で大した存在《そんざい》感を発揮《はっき》しておらず、何が〈部室に棲《す》みついた何か〉の機嫌《きげん》を損《そこ》ねたのやら察しがつかない。

顧問《こもん》のユーマ先生は――。

科学的な説明を見出《みいだ》して安心させてもらいたかったのに、予想もしなかった行動に出る。心霊現象《しんれいげんしょう》を専門《せんもん》に扱《あつか》う探偵《たんてい》に調査《ちょうさ》を依頼《いらい》した、という報《しら》せを日曜日の夜に電話でもらって、華穂は唖然《あぜん》とした。先生が部活の問題について探偵《たんてい》に相談するというだけでも驚《おどろ》きなのに、それがまた心霊現象専門《しんれいげんしょうせんもん》とは。

この世の中、当たり前だけで埋《う》め尽《つ》くされているのでもなかったようだ。退屈《たいくつ》な現実《げんじつ》に風穴《かざあな》が穿《うが》たれたのを愉快《ゆかい》に思えたたし、教壇《きょうだん》で物理を教えるユーマ先生の対応《たいおう》の柔軟《じゅうなん》さには感動と感謝《かんしゃ》を覚えた。

先生は、金曜日の放課後に南新宿《みなみしんじゅく》の探偵事務所《たんていじむしょ》を訪《たず》ねたという。探偵《たんてい》は翌日《よくじつ》から調査《ちょうさ》を開始し、〈犯行現場《はんこうげんば》〉である部室に足を運び、日曜日には結論《けつろん》を下したのだそうだ。

そして、月曜日の今日。

解《と》き明《あ》かした真相をミス研のメンバーに語ってくれることになった。興奮《こうふん》せずにはおられない。

封鎖《ふうさ》されている部室に集合するのかと思ったら、昼休みにユーマ先生から「放課後、視《し》聴覚《ちょうかく》室にくるように」と指示《しじ》された。華穂は、午後の授業《じゅぎょう》にまるで集中できなかった。他の三人も同様だったに違《ちが》いない。

ホームルームが長引き、亜美子とともに小走りで視《し》聴覚《ちょうかく》室へと向かう。

「ビデオでも上映《じょうえい》しながら解説《かいせつ》してくれるの?」

亜美子に訊《き》かれても、華穂は何も聞いていない。

「さぁ。もしそうだったら、あんまり怖《こわ》いのは観《み》たくないな」

階段《かいだん》教室になった視《し》聴覚《ちょうかく》室に駆《か》け込《こ》むと、啓斗と章はすでに最前列に着席していた。教壇《きょうだん》の下に立っていた先生が「よーし、揃《そろ》った」と言う。その傍《かたわ》らのこちら向きに置かれた長机《ながづくえ》に、見覚えのない顔が二つあった。

右側には二十代前半に見える女性《じょせい》。アッシュブラウンに染《そ》めた髪《かみ》を後ろで括《くく》り、黒っぽいスーツに身を包んでいる。表情《ひょうじょう》はきりっとしているのに、どこか可愛《かわい》らしい顔立ちだった。手元にはミス研のノートとスケッチブックらしいものが置かれていた。その下には古い雑誌《ざっし》のようなものも。

彼女《かのじょ》の左手には、オールバックの男性《だんせい》が掛《か》けている。ダークな茶色のスーツに渋《しぶ》いグレーのジレ、臙脂色《えんじいろ》のネクタイ。いかにも紳士《しんし》然とした身だしなみで――職員室《しょくいんしつ》では決してお目に掛《か》かれない――、一分の隙《すき》もなく、物静かで落ち着いた雰囲気《ふんいき》が頼《たの》もしい。五十歳《さい》が近いようにも見えるのに、それにしては肌艶《はだつや》が若々《わかわか》しい。年齢《ねんれい》の見当がつきかねた。わたしという存在《そんざい》は年齢《ねんれい》などという俗《ぞく》なものを超越《ちょうえつ》しています、というかのようだ。

「紹介《しょうかい》しよう。こちらが私立探偵《しりつたんてい》の濱地健三郎《けんざぶろう》先生。お隣《となり》が助手の志摩《しま》ユリエさんだ」

オールバックの探偵《たんてい》は「濱地です」と軽く一礼してから、ユーマ先生に言う。

「事務所《じむしょ》にいらした時にもお願いしましたが、わたしを〈先生〉と呼《よ》ぶのはお控《ひか》えいただけますか。そのような者ではありませんし、正真正銘《しょうしんしょうめい》の先生に言われると、どうにもおかしな具合ですので」

穏《おだ》やかな物言いだった。ユーマ先生は「失礼しました」と頭を掻《か》いてから、「二人とも、そこに座《すわ》って」と華穂と亜美子を促《うなが》す。男子が席を詰《つ》め、四人は最前列に並《なら》んで着席した。

広い部屋の前方に、七人がこぢんまりと固まった恰好《かっこう》になる。

「視聴覚室《しちょうかく》に集まってもらったことに意味はないんだ」先生は言う。「濱地さんのお話をじっくり伺《うかが》うため、空《あ》いていた部屋を押《お》さえたのにすぎない。お話が終わったらすべては解決《かいけつ》して、きみたちは部室に戻《もど》ることができるだろう」

「本当ですか？」

反射的《はんしゃてき》に啓斗が訊《き》く。答えるのは探偵《たんてい》だ。

「絶対《ぜったい》に、とまでは約束できないとしても、まず大丈夫《だいじょうぶ》でしょう。皆《みな》さんは部室を取《と》り戻《もど》し、これまでどおりに楽しい活動ができるはずです。いや、これまで以上に、かな」

「それは、えっと」亜美子は敬語《けいご》が得意ではない。「あそこで色々なことが起きる原因《げんいん》をお突《つ》き止《と》めになられただけじゃなくて、解決《かいけつ》方法もお突《つ》き止《と》めになられたということですか？」

探偵《たんてい》は「はい」と頷《うなず》いた。

「では、お願いします」

先生が通路を挟《はさ》んで華穂の右隣《みぎどなり》の席に座《すわ》る。入《い》れ替《か》わりに濱地は起立したかと思うと前に出て、教卓《きょうたく》に片手《かたて》を置いて語りだした。

「この一週間ほどの間、部室で起きたことの意味が判《わか》らず、さぞや不安な想《おも》いで過《す》ごされたことでしょう。皆《みな》さんが見たり聞いたりしたものは、わたしが専門《せんもん》とする心霊現象《しんれいげんしょう》です。それはまだ続いていますが、止める算段《さんだん》はあります。これからそれをお話しするのですが――」

彼《かれ》は言葉を切り、一座《いちざ》を見回した。絶妙《ぜつみょう》の間が緊張《きんちょう》感を生む。

「わたしの力で邪気《じゃき》を払《はら》う、といった方法ではないのです。皆《みな》さんにあることを実行してもらわなくてはなりません。わたしだけでどうにかなるのなら、面倒《めんどう》な説明は省《はぶ》いてさっさと仕事を済《す》ませ、『終わりました』と報告《ほうこく》すれば足りた」

「ぼくたちに……できることなんですね?」

章が、おずおずと尋《たず》ねた。

「もちろん。だから皆《みな》さんに集まってもらったわけですが、それに先立ちお願いがあります。これからわたしがお話しすることを、みだりに他の人にしゃべらないでいただきたいのです。『みだりに』なんて言うと、『じゃあ、家族や親友には話していいの?』と思うかもしれませんが、可能《かのう》な限《かぎ》り避《さ》けてほしい。話したって信じてもらえないでしょうし――同語反復《はんぷく》になって恐縮《きょうしゅく》ですが、みだりに話すことではないからです」

「ああ……」

華穂は、われ知らず声を洩《も》らしていた。濱地の言っていることが、論理《ろんり》ではなく直観によって理解《りかい》できた。そういうことも人間の世界にはあるのだな、と。

「こんな探偵《たんてい》がいることも、みだりに話さないでいただけるとありがたい。宣伝《せんでん》していただかなくても、わたしの存在《そんざい》はわたしを必要とする人に伝わるのです」

何に納得《なっとく》したのか、ここで先生が深く頷《うなず》いていた。

「ミス研を代表して約束します」

華穂の返事に他の三人の会員が「約束します」と唱和し、濱地は満足げだった。

「ご理解《りかい》いただき、うれしく思います。――さて、前置きはこれぐらいにして本題に入りましょうか。皆《みな》さんの部室では五月の中頃《なかごろ》、正確《せいかく》に言うと五月十四日から奇妙《きみょう》なことが頻《ひん》発《ぱつ》していて、それらはすべてサークルのノートに記録されています。読ませていただいたところ、霊的《れいてき》な何かが居着《いつ》いており、会員の皆《みな》さんにちょっかいを出しているらしい。害意は感じられず、かまってもらいたいのだな、という印象をわたしは受けました。――どうしました？」

　亞美子が何か言いたそうにするのを濱地は見逃《みのが》さない。

「はい、あの。うちの床呂君もそんな見方をしていました。どうやら犯人《はんにん》は自分がこそこそ出入りしていることに気づいてもらいたがっているようだ、って。でも、それはものが動くだけの時のことです。その後、わたしは強い力で髪《かみ》を引《ひ》っ張《ぱ》られたし、氷川さんは後ろから乱暴《らんぼう》に押《お》し倒《たお》されています。害意がないとは思えません」

「ええ、柏先生から伺《うかが》っています。わたしが今言ったのは、そういったことが起きる以前、つまり床呂章君が入会した先々週の金曜日以前の現象《げんしょう》についてです」

「……やっぱり、ぼくがミス研に入ったのがよくなかったんですか？」

　章がつらそうな顔をした。探偵《たんてい》は優《やさ》しい口調で返す。

「あらかじめ確言《かくげん》しておくと、きみには何の落ち度もない。だから、微塵《みじん》も責任《せきにん》を感じる必要はありません。少しばかり運が悪かっただけです」

「運？」

華穂は、濱地の話の先を読もうとしたが、無理だった。運が悪かったとは、単に入会した日がよくなかったということか？　黙《だま》って続きを聴《き》くしかない。

「部室に居着《いつ》いた何かは、どうして皆《みな》さんにかまってもらいたかったのか？　淋《さび》しかったからですよ。神秘《しんぴ》や不思議を愛《め》でる皆《みな》さんの仲間に加わりたかったからで、驚《おどろ》かせたり怖《こわ》がらせたりするのは本意ではありませんでした。〈彼《かれ》〉は——男性《だんせい》なんですよ。菊井さんが聞いた声のとおり——こんな顔をしています」

探偵《たんてい》が目顔で指示《しじ》を出すなり、志摩がスケッチブックを開いて見せた。癖《くせ》のない頭髪《とうはつ》をセンターで分けた、どこか哀《かな》しげな顔が木炭で描《か》かれていた。理秀院高校の制服《せいふく》を着ている。

「これは、わたしが部室で視《み》た人物の似顔絵《にがおえ》です。話そうと声を掛《か》けたらたちまち消えてしまったのですが、絵が上手な志摩が見事に描《か》いてくれたおかげで調査《ちょうさ》がとても捗《はかど》りました」

「誰《だれ》ですか、それ？」

啓斗の問いに対する答えは、意外なものだった。

「ご存《ぞん》じないのは当然ですが、皆《みな》さんの先輩《せんぱい》ですよ。彼《かれ》は十四年前にミステリー研究会に所属《しょぞく》していて、あの部屋で三カ月ほど楽しい日々を過《す》ごし一年生の夏に不慮《ふりょ》の事故《じこ》で命を落としています。十四年前というと、お判《わか》りですね？　多和田教授《きょうじゅ》を特別顧問《こもん》に迎《むか》えた旧《きゅう》ミステリー研究会が活況《かっきょう》を呈《てい》していた時期です」

濱地がわずかに空《あ》けた間に、華穂は質問《しつもん》を挟《はさ》み込《こ》む。

「似顔絵《にがおえ》の人が昔のミス研の会員だったって、どうして判《わか》ったんですか？」

「部室に居着《いつ》いて会員にかまってもらいたがるところから、ミス研のＯＢではないか、と当《あ》て推量《ずいりょう》をして調査《ちょうさ》を進めたんですよ。十年前に消滅《しょうめつ》した旧《きゅう》ミス研のメンバーの名簿《めいぼ》は残っていませんが、手掛《てが》かりがまったくないわけでもない。わたしと志摩は、亡《な》き多和田教授《きょうじゅ》のご子息を訪《たず》ねてみました。その方は本校の卒業生ながらミス研の会員ではありませんでしたが、教授《きょうじゅ》が何かを遺《のこ》していることが期待できました。ありましたよ、五年分の古い会誌《かいし》が。父親が揃《そろ》えていたバックナンバーを、ご子息はいまだに保管《ほかん》していたんです。お借りしてきたものがこれです」

濱地が言い終える前に、志摩が何冊《なんさつ》か翳《かざ》して見せる。スケッチブックの下に積んであったものだ。絵心のある会員が描《か》いたらしき幻想的《げんそうてき》なイラストが表紙を飾《かざ》っており、華穂は手に取ってみたくなった。

「会誌《かいし》の中には会員が自己紹介《じこしょうかい》するコーナーがあり、何年分かの名簿《めいぼ》を入手したのに等しい。連絡先《れんらくさき》までは書いてありませんが、名前が判明《はんめい》したら個人情報保護《こじんじょうほうほご》の壁《かべ》を避《さ》けて調べる手立てはあります。わたしと志摩で手分けをして会員の名前をインターネットで検《けん》索《さく》したところ、いくつかヒットした。町田《まちだ》で不動産会社の営業《えいぎょう》をしているSさんや、立川《たちかわ》でカフェを経営《けいえい》しているCさんなど。その方たちに会ってお話を伺《うかが》い、似顔絵《にがおえ》の男性《だんせい》を突《つ》き止《と》めることができました。〈彼《かれ》〉が事故《じこ》で在学《ざいがく》中に亡《な》くなったことも」

「『部室にこんな顔の幽霊《ゆうれい》が出るんだけど、心当たりはありますか？』って尋《たず》ねたんですか？」

亜美子の問いに、探偵《たんてい》は首を振《ふ》る。

「いいえ。多和田教授《きょうじゅ》のことを本に書くための取材をしているうちに、理秀院高校にあったミステリー研究会に興味《きょうみ》が湧《わ》いた。教授《きょうじゅ》のお宅《たく》にこんな似顔絵《にがおえ》があったのだが、会員のどなたかでしょうか？――と、そんなふうに訊《き》いたんです。SさんもCさんも、即座《そくざ》に同じ名前を挙げてくれました」

濱地は一冊の会誌《かいし》を取り上げ、ページをめくりながら続ける。

「その名前は、確《たし》かにここにも出てくる。〈彼《かれ》〉は、幽霊屋敷《ゆうれいやしき》にロマンを感じていたようですね。いつか本場のイギリスに行って有名な屋敷《やしき》を探訪《たんぼう》してみたい、と希望を綴《つづ》っています」

「何という名前の人ですか？」

華穂が尋《たず》ねたら、いったん答えをはぐらかされた。

「〈彼《かれ》〉の名前は、何度も出てくるんですよ。十四年前から廃部《はいぶ》になった十年前までの足かけ五年にわたって自己紹介《じこしょうかい》のページに登場している。死んだ後も」

幽霊《ゆうれい》が書いているはずもない。

「亡《な》くなった以降《いこう》の会誌《かいし》には、名前だけが紹介《しょうかい》されていてコメントはありません。どういうことかと言うと、不幸な事故《じこ》の後も、仲間たちは『彼《かれ》はまだミステリー研究会の会員だ』と考えて、自己紹介《じこしょうかい》のページに名前だけを残したんですよ。〈彼《かれ》〉を知る者がみんな卒業してしまってからも、その慣習《かんしゅう》は後輩《こうはい》によって受《う》け継《つ》がれた」

その気持ちは判《わか》る、と華穂は思う。

「ただ会誌《かいし》に名前を留《とど》めただけではなく、会員たちはふだんから〈彼《かれ》〉が部内にいるものとしてふるまったそうです。ことあるごとに名前を出し、幻《まぼろし》の会員として〈彼《かれ》〉がそこにいるかのように接《せっ》していました。そうしているうちに、部室に残っていた〈彼《かれ》〉の思念が徐々《じょじょ》に実体に近いものを持つに至《いた》った。〈彼《かれ》〉は、後輩《こうはい》たちの口から自分の名前が発せられることを喜んでいたことでしょう」

友情《ゆうじょう》から始まった行為《こうい》は、やがて他愛《たあい》のない習わしへと変化し、それはそれで会員たちの親睦《しんぼく》を深める一助となったようだ。ミステリー研究会らしい洒落《しゃれ》でもあり、いつ部室にきても姿《すがた》を見せていない〈彼《かれ》〉のことを、会員たちは〈幽霊《ゆうれい》会員〉と称《しょう》していた。

「これが自己紹介《じこしょうかい》のページです」

濱地が会誌《かいし》を回覧《かいらん》させる。幻《まぼろし》の会員の名前は、所清士郎《ところきよしろう》だった。

「……トコロ。もしかして、これが原因《げんいん》ですか？」

「大下君の言うとおり。所君は旧《きゅう》ミステリー研究会の会員たちの心の中で生き続け、廃部《はいぶ》とともに行き場を失ったのだけれど、ここにいる皆《みな》さんが研究会を復活《ふっかつ》させたことにより甦《よみがえ》ったわけです。〈彼《かれ》〉は、うれしかったのだと思いますよ。ただ、かつての慣習《かんしゅう》が受《う》け継《つ》がれていないために、誰《だれ》も呼《よ》びかけてくれない。〈彼《かれ》〉は、どうにかして自分の存在《そんざい》に気づいてもらおうと努めます。それが五月半ばから始まった不可解《ふかかい》な出来事の数々です。懸命《けんめい》に訴《うった》えていたのですよ。ぼくに振《ふ》り向《む》いて、ぼくはこの部室にいる、と」

そう聞くと、華穂も哀《かな》しい気分になってきて、どうしようもなかったと承知《しょうち》しつつ、無用の罪悪感《ざいあくかん》をうっすらと覚えた。

「〈彼《かれ》〉は、みんなから『所君』と呼《よ》ばれていたんですよ。またそう呼《よ》ばれることを望んでいたのに、存在《そんざい》にすら気づいてもらえない。そこにやってきたのが床呂章君です。十年ぶりに『床呂君』の声が再《ふたた》び部室に響《ひび》きましたが、それは自分に向けられたものではなかった。〈彼《かれ》〉の失望は、やがて怒《いか》りに変わっていきます。ミステリー研究会の部室で起きたのは、そういうことだったのです」

何か言いたそうにしている章に、濱地は視線《しせん》を注いだ。それに促《うなが》されて最年少の会員は言う。

「濱地さんのお話はきれいに筋《すじ》が通っていて、色々なことに辻褄《つじつま》が合います。でも……そんなことが現実《げんじつ》にあるなんて、信じられません」

反発や批判《ひはん》ではなく、素直《すなお》な感情《かんじょう》の表明のようだ。探偵《たんてい》はきちんと受け止める。

「筋《すじ》が通っていて辻褄《つじつま》が合うだけでは信用できない、というのは理性的《りせいてき》な態度《たいど》です。きみは推理《すいり》小説ファンでしたね。よい影響《えいきょう》を受けているらしい。確《たし》かに、辻褄《つじつま》が合うなんてことにさしたる価値《かち》はない。そんなストーリーは、与《あた》えられた素材《そざい》を器用に組み立てれば何通りでも創《つく》れますから。唯一無二《ゆいいつむに》の答えであることを証明《しょうめい》するためには、反論《はんろん》が不可能《ふかのう》な論理《ろんり》か、物的証拠《しょうこ》が要《い》ります。あなたに倣《なら》ってこちらも正直に打ち明けますが、わたしはそのどちらも用意できないんです。しかしながら――」

探偵《たんてい》は、ピンと人差し指を立てる。

「わたしの推理《すいり》が正しいと仮定《かてい》した対処《たいしょ》をすることで部室の怪奇現象《かいきげんしょう》が消滅《しょうめつ》したら、それが証拠《しょうこ》になるのではありませんか？」

ここでユーマ先生が発言した。

「濱地さんの言うとおりにして事態《じたい》が収束《しゅうそく》したなら、真相がどうであったかについて厳密《げんみつ》な答え合わせをする必要がない、とも言えますね。ぜひ試《ため》してみたいと思います。――いいな？」

　同意を求められた四人は、「はい」と声に出したり頷《うなず》いたりして了承《りょうしょう》の意思表示《ひょうじ》をする。それを受けて、濱地は具体的な指示《しじ》をした。

「対処《たいしょ》というのは、いたって簡単《かんたん》なことです。新しいミステリー研究会に所清士郎君を〈幽霊会員《ゆうれいかいいん》〉として迎《むか》えてあげるんです。皆《みな》さんは演技《えんぎ》をしなくてはなりません。『所君は今日も姿《すがた》を見せないね』『これは所君の好きそうな幽霊屋敷《ゆうれいやしき》だ』などと話して、仲間に加える。のべつまくなしにではなく、折に触《ふ》れてという程度《ていど》でかまいません。紛《まぎ》らわしいので、床呂章君のことを〈章君〉と呼《よ》ぶようにすれば、〈彼《かれ》〉の心は安らぎ、もう悪さをしないはずです。――馬鹿《ばか》らしいですか？　そんな茶番を演《えん》じてまで〈彼《かれ》〉に付き合いたくないのならば、〈彼《かれ》〉が居着《いつ》いている部室で過《す》ごすのが嫌《いや》ならば、ミス研は廃部《はいぶ》にするしかない。どちらを選択《せんたく》するか、決めるのは皆《みな》さんです」

　すぐに答えられる者はおらず、しんと部屋が静まり返った。自分が答えなくては、と華穂が口を開く。

「他のみんなが賛成《さんせい》してくれるのなら、わたしはその形でミス研を続けたいと思います。

みんなと活動を続けたいし、このまま所君を消してしまうのも気の毒な気が……」

啓斗と亜美子が「おれもいいよ」「わたしも」と言ってくれたので、廃部《はいぶ》はなくなった。

じゃあ、ぼくは辞《や》めます、と言うのかと思ったら章は——。

「ぼく、これからは章と呼《よ》んでもらえるんですね？」

華穂は、ほぉと溜《た》め息《いき》をついてから答えた。

「もちろん呼《よ》ぶよ、章君」


それから視《し》聴《ちょう》覚《かく》室を出て、全員で部室に向かったのだが、程度《ていど》の差こそあれ、濱地の話をどこまで信じたらよいものか、みんな迷《まよ》っていたらしい。ものは試《ため》しで、うまくいかなければ廃部《はいぶ》もやむなし。華穂自身、そんな心境《しんきょう》だった。

あれから十日が経《た》ち、ミス研は、すっかり平穏《へいおん》を取《と》り戻《もど》していた。

「半信半疑《はんしんはんぎ》だったよね。失敗したらまた怖《こわ》い目に遭《あ》う。でも、それが最後になるなら我慢《がまん》するか、って覚悟《かくご》を決めて部室に入った」

亜美子が言って、烏龍茶《ウーロンちゃ》をひと口飲んでから、啓斗の紙コップにも注ぐ。

「サンキュ。おれも同じような感じだった。あの時は、『わたしたちは部室に立ち入りません』と言いながら濱地さんが廊下《ろうか》で待機していたから、安心感はあったけれどね。でも、濱地さんがいなくなったら、また変なことが起きるんじゃないか、と思ったりして、スリルがあったよ。――章は？」

「まぁ大丈夫《だいじょうぶ》だろう、と思っていました。濱地さんの話にすごく説得力があったから。話というより、話し方にかな。ああ、探偵《たんてい》ってこんなふうに推理《すいり》を語るんだ、と興奮《こうふん》しました」

「推理《すいり》小説ファンの感想だなぁ」と華穂。「わたしも、あの語り口に感心したけれど。……不思議な人だったね」

「うん。現実離《げんじつばな》れしていたというか、あんな人、初めて会った。普通《ふつう》じゃない仕事をしているうちに普通《ふつう》じゃなくなったのかな。普通《ふつう》じゃないから普通《ふつう》じゃない仕事をするようになったのかな。そこのところも謎《なぞ》。だいたい何歳《なんさい》なの、あの探偵《たんてい》さん？　ユーマ先生のお父さんかというぐらい落ち着いていて老《ふ》けた感じもしたけれど、きっと若《わか》いよね。大下君、どう思う？」

章が答えさせなかった。

「大下さんは助手の志摩さんのことばっかり見ていたから、訊《き》いても無駄《むだ》ですよ。もう濱地さんの顔なんて忘《わす》れたでしょう」

啓斗は否定《ひてい》しない。

「忘《わす》れたよ。それはいいけれど、日にちが経《た》つにつれて志摩さんの顔まで思い出せなくなっていくのが悲しい。事件《じけん》が解決《かいけつ》したのを記念して、一緒《いっしょ》に写真を撮《と》ってもらったらよかったなぁ。――そんなことより、こないな」

華穂がその言葉を引き受けた。

「うん。こないね、所君。本当に……こない」

怪奇現象《かいきげんしょう》は、ありし日の刺激《しげき》が懐《なつ》かしくなるほど、ぴたりと止《や》んでいた。探偵《たんてい》の見立ては完全に的中していたと考えるほかない。

華穂たちは、濱地との約束を胸《むね》に刻《きざ》んでいた。この部室に出没《しゅつぼつ》する〈彼《かれ》〉のことも、心霊現象《れいげんしょう》を専門《せんもん》にする探偵《たんてい》のことも、外部の人間に話すのは禁止《きんし》。共通の秘密《ひみつ》を持つことで、四人の一体感は一気に高まった。これから誰《だれ》が入会してこようと、彼《かれ》もしくは彼女《かのじょ》に「実は」と打ち明けることもない。

ただし、〈幽霊《ゆうれい》会員の所君〉のことは説明しなくてはならないから、それについては旧《きゅう》ミス研から継承《けいしょう》した風習ということにした。こんな物好きなサークルに入ろうとする人間なら、面白《おもしろ》がってくれるだろう。

「きていないのかな？」

澄《す》まし顔《がお》で章が言った。

「えっ。どういうこと」

「昨日、最後にこの部屋を退出《たいしゅつ》したのは、ぼくなんですけれど……。すみません。換気《かんき》のために窓《まど》を少し開けたのを、うっかりそのままにして帰ってしまいました」

「反省するほどのことでもないよ」亜美子が言う。「平気だって。この部屋、盗《と》られるほどのものはないんだから」

「いえ、違《ちが》うんです。鍵《かぎ》を持っていたので、今日ぼくは一番にここへきました。そうしたら、窓《まど》が閉《し》まっていたんですよ。開けたまま帰ったはずなのに。嘘《うそ》じゃありません」

「ん？　それって、つまり……」

亜美子は、上目遣《うわめづか》いに周囲を窺《うかが》う。

「所君が閉《し》めてくれたんでしょうね。たまたますれ違《ちが》いになっているだけで、ちゃんと顔を出してるんだ。ねっ？」

華穂が言うと、啓斗は「だな」と答えた。

＊付記　セイリッシュ海のミステリーについては、この物語が書かれた後で科学的検証《けんしょう》から謎《なぞ》が解《と》けつつある。人間の足首は海中で死体から離《はな》れやすく、同海域における潮流《ちょうりゅう》や風向きなどの条件《じょうけん》が揃《そろ》ったことが怪現象《かいげんしょう》の原因《げんいん》と考えられる。足首の主の身元も行方《ゆくえ》不明者のデータベースとDNA鑑定《かんてい》から多くが特定された。

雨の鈴《すず》

小《お》野《の》不《ふ》由《ゆ》美《み》

絹糸《きぬいと》のような雨が降《ふ》っていた。

静かな通りには、潮騒《しおさい》のような音が満ちている。細い雨脚《あまあし》は古い家々の屋根を打ち、緑の庭木を打つ。土塀《どべい》の上に載《の》せられた瓦《かわら》を洗《あら》い、雨垂《あまだ》れとなって細い小路《こうじ》の石畳《いしだたみ》に打ち寄《う》《よ》せる。絶《た》え間《ま》ない密《ひそ》やかな雨音、遠くから響《ひび》く雑多《ざった》で微《かす》かな水音、それらの音が渾然一体《こんぜんいったい》となって波打つようにあたりを満たしていた。

パタリと強い音がして、有扶子《ゆうこ》は頭上を振《ふ》り仰《あお》いだ。赤い傘《かさ》に花の影《かげ》が落ちていた。間近の土塀越《どべいご》し、枝《えだ》を伸《の》ばした夾竹桃《きょうちくとう》の花が雨に打たれて零《こぼ》れ落《お》ち、傘《かさ》を叩《たた》いた音だろう。見渡《みわた》せば、足許《あしもと》の石畳《いしだたみ》にも白く花が散っている。

――夾竹桃《きょうちくとう》には毒があるんだっけ。

けれども濁《にご》りのない白と、花の形が美しい。そのまま女性《じょせい》の指に添《そ》えれば、大きくても品の良い指輪になりそうだった。七宝《しっぽう》の白は花の白を表現《ひょうげん》するのにちょうどいい。

本当ならスケッチしたいところだが、あいにく片手《かたて》は傘《かさ》を持つのに塞《ふさ》がっている。有扶子は足を止め、身を屈《かが》めて散った花を一つ拾った。濡《ぬ》れた花のやり場に困《こま》って、傘《かさ》を持つ自分の手に載《の》せてみた。薄赤《うすあか》い影《かげ》が落ちた自分の手に、濡《ぬ》れた白い花が貼《は》り付《つ》く。思った通り、綺麗《きれい》な指輪になった。

深い緑の葉を添《そ》えてブローチにするのもいいかもしれない。

これが有扶子の仕事だった。まだまだ作家を名乗るほどの実績《じっせき》はないが、七宝《しっぽう》教室の講《こう》師料《しりょう》とちょっとしたアクセサリーを売ることで、かつかつ生活はできている。なんとか生活が成り立っているのは、祖母《そぼ》から譲《ゆず》られた家があるからだ。古い城下町《じょうかまち》、いかにも似《に》つかわしい石畳《いしだたみ》の袋小路《ふくろこうじ》、その突《つ》き当《あ》たり。木造《もくぞう》平屋の小さな古屋だ。伯父叔母《おじおば》も両親も、貰《もら》ってもかえって処置《しょち》に困《こま》る、と放置していたのを有扶子が受《う》け継《つ》いだ。家賃《やちん》がいらないだけ助かっている。

拾った花は指の上に落ち着いている。花芯《かしん》の周囲に花弁《かべん》が五枚《まい》。八重咲《やえざ》きの品種もあるが、七宝《しっぽう》にするなら一重《ひとえ》のほうが様《さま》になる。——そんなことを考えながら歩いていたら、どこかでチリンと澄《す》んだ鈴《すず》の音がした。

有扶子は顔を上げた。石畳《いしだたみ》が敷《し》かれた小路《こうじ》には人影《ひとかげ》がなかった。道幅《みちはば》は車一台がかろうじて通行できる程度《ていど》、両側には土塀《どべい》が続き、ほんの十メートルほど先で折れている。気のせいだったのか——そう思っていると、再《ふたた》びチリンと音がした。

有扶子は足を止めて来た道を振《ふ》り返《かえ》った。通りから袋小路《ふくろこうじ》へと入ったところに黒々とした人影《ひとかげ》があった。黒い和服の女だった。

——和服というより、あれは喪服《もふく》だ。

黒一色の着物と帯、帯揚《おびあ》げも帯締《おびじ》めも黒い。喉許《のどもと》の半襟《はんえり》と黒草履《ぞうり》を履《は》いた足袋《たび》だけが花のように白かった。歳《とし》の頃《ころ》は三十代の半ばだろうか。俯《うつむ》いた顔に結《ゆ》った髪《かみ》が軽くほつれかかり、そこに銀の粒《つぶ》のように雨滴《うてき》が纏《まと》わりついている。

チリンと音がする。見れば女は腰《こし》の脇《わき》、帯締《おびじ》めに青銅《せいどう》の鈴《すず》を一つ下げていた。それが時折、澄《す》んだ音を寂《さび》しげに立てている。

この袋小路《ふくろこうじ》に足を踏《ふ》み入《い》れているということは、小路沿《こうじぞ》いにあるどこかの家の住人だろうか。

祖母《そぼ》の家に越《こ》してきて一年、まだ小路沿《こうじぞ》いの全ての家を覚えていない。住人の顔となるとさらに分からなかった。ただ、道の両側に続く家の全てが小路《こうじ》に向かって門戸を持つわけではない。立《た》ち並《なら》ぶ塀《へい》の半数ほどは家の裏《うら》にあたる。小路《こうじ》に表が面しているのは数軒程《すうけんてい》度《ど》だろうか。

どの家の住人だろう。そして、誰《だれ》の葬儀《そうぎ》だったのだろう。傘《かさ》も差さずに俯《うつむ》いた姿《すがた》が、なんだか痛《いた》ましかった。

——せめて傘《かさ》を。

差《さ》し掛《か》けてあげようか、と思って有扶子はぎくりとした。女は俯《うつむ》き、とぼとぼと歩いている。——歩いているように見えるのに、足を止めた有扶子との距離《きょり》が、先ほどからいっかな縮《ちぢ》まらない。

有扶子は女の足許《あしもと》を見た。歩いている——ように見える。白足袋《しろたび》に黒草履《ぞうり》の足は、雨に濡《ぬ》れた石畳《いしだたみ》を踏《ふ》んで前へと進んでいる。なのに少しも近づいてこない。袋小路《ふくろこうじ》へと入ったばかりの土塀《どべい》の脇《わき》、その場所をまったく動いていない。

土塀《どべい》に描《えが》かれた影《かげ》のようだった。髪《かみ》にも着物にも雨滴《うてき》が零《こぼ》れているのに、女は濡《ぬ》れている様子もない。俯《うつむ》いた顔にはほつれ髪《がみ》と一緒《いっしょ》に憂《うれ》いを含《ふく》んだ影《かげ》が落ち、目鼻立ちもはっきりとしなかった。

思い出したようにチリンと寂《さび》しく鈴《すず》の音が響《ひび》いた。

その音に我《われ》に返って、有扶子は踵《きびす》を返した。急ぎ足で濡《ぬ》れた小路《こうじ》を先へと急ぐ。たぶんあれは、見てはいけないものだ。何だか分からないが、尋常《じんじょう》の存在《そんざい》ではないと思う。足を急がせて突《つ》き当《あ》たりを曲がった。片側《かたがわ》には高塀《たかべい》が聳《そび》え、片側《かたがわ》には土塀《どべい》が続く。その先はまた曲がり角だ。

小路《こうじ》は屈折《くっせつ》を繰《く》り返《かえ》す。昔、外堀《そとぼり》を越《こ》えて城下《じょうか》に侵入《しんにゅう》した敵《てき》を迷《まよ》わせるため、あえて複《ふく》雑《ざつ》な町筋《まちすじ》にしているのだと聞いたことがある。

小走りに急いで曲がり角で振《ふ》り返《かえ》った。傘越《かさご》しに見る背後《はいご》には誰《だれ》の姿《すがた》もなかった。雨の中、曲がり角の向こうからチリンと澄《す》んだ鈴《すず》の音だけが聞こえた。

傘《かさ》を畳《たた》んで雨を払《はら》うと、濡《ぬ》れた花が一輪、足許《あしもと》に零《こぼ》れ落《お》ちた。

それを拾って有扶子は片手《かたて》に載《の》せる。さきほど拾った一輪は、急ぐ間に落としてしまったようだ。そっと花を握《にぎ》って、もう一方の手で玄関《げんかん》の鍵《かぎ》を開けた。磨《す》りガラスの入った格《こう》子戸《しど》を開けると、薄暗《うすぐら》い玄関《げんかん》から古屋に独特《どくとく》の湿《しめ》った匂《にお》いが流れてきた。

三和土《たたき》に入り、戸を閉《し》める前に振《ふ》り返《かえ》る。狭《せま》い前庭を挟《はさ》んで、申《もう》し訳程度《わけていど》の屋根を載《の》せた小さな門が見えた。素通《すどお》しの格子戸《こうしど》から石畳《いしだたみ》の小路《こうじ》が覗《のぞ》いていたが、曲がり角まで真《ま》っ直《す》ぐに見通せる景色のどこにも黒い女の影《かげ》は見えなかった。鈴《すず》の音も聞こえない。静かな雨音だけが響《ひび》いていた。

ほっと息を吐《つ》いた。あれはいったい何だったのだろう。

——あれも、いない、いない人？

有扶子は子供《こども》の頃《ころ》から、不思議な人影《ひとかげ》を見ることがあった。存在感《そんざいかん》の薄《うす》い、無言で佇《たたず》むだけの人影《ひとかげ》だ。それが他人には見えていないのだと気づいたのは、いくつのときだったろう。「あの人」と指差しても、「いない」と言われる。それを繰《く》り返《かえ》して、あれは「いない人」という存在《そんざい》なのだと幼心《おさなごころ》に了解《りょうかい》した。

ただ、有扶子がこれまで遭遇《そうぐう》した「いない人」は、あんなにはっきりした存在《そんざい》ではなかった。目を留《と》めると「いる」のに、凝視《ぎょうし》すると消えてしまう。瞬《まばた》きしたり視線《しせん》を外したり、そんなちょっとした動作の弾《はず》みでも見えなくなってしまう。だから、「いない人」という存在《そんざい》があるのだと理解《りかい》してからは、「いる」と誤解《ごかい》したことはなかった。歴然と違《ちが》うから分かる。

なのに、声をかけるところだった。

こんなことは初めてだ。二重に異常《いじょう》なのが薄気味悪《うすきみわる》かった。

濡《ぬ》れた空気に軽く身震《みぶる》いして、有扶子は部屋に上がった。玄関《げんかん》を入ってすぐが四畳半《よじょうはん》の茶の間、その先に六畳《じょう》が二間続いている。これに台所と風呂《ふろ》、トイレがあるだけの小さな家だった。築年数《ちくねんすう》がどれくらいになるのかは、有扶子にも分からない。古いことは確《たし》かだが、戦前に遡《さかのぼ》るほどは古くない。本当に単なる古屋だ。

かつては祖母《そぼ》が独《ひと》り、ここでこぢんまりと生活していた。小さい頃《ころ》には隣街《となりまち》に家があったから頻繁《ひんぱん》に遊びに来ていたが、父親が転勤《てんきん》になり、距離《きょり》ができてそれも絶《た》えた。それ以後は、祖母《そぼ》が専《もっぱ》ら有扶子の家にやって来た。晩年《ばんねん》は病院暮《ぐ》らしだったが、長い時間ではなかった。おかげで残された家も、さほど傷《いた》んではいない。設備《せつび》は古いし、あちこちギシギシいったりするが、年齢《ねんれい》に相応《そうおう》、というところだろうか。

有扶子は卓袱台《ちゃぶだい》にバッグを置き、奥《おく》へ向かった。二間続いた六畳《じょう》に沿《そ》って縁側《えんがわ》がある。

縁側《えんがわ》に出て窓《まど》を開け、雨戸を開けた。

目の前は狭《せま》い庭だった。周囲を塀《へい》に囲まれ、陽当《ひあ》たりが良くない。陰樹《いんじゅ》ばかりの庭の向こうには貧相《ひんそう》な生垣《いけがき》が巡《めぐ》らせてある。生垣《いけがき》のさらに向こうは、側溝《そっこう》を挟《はさ》んで、隣家《りんか》のブロック塀《べい》だ。塀《へい》には愛想《あいそ》がなかったが、その上から覗《のぞ》く庭木は見事だった。特に立派《りっぱ》なのが塀際《へいぎわ》に聳《そび》える椿《つばき》の古木だ。花の季節には、真紅《しんく》に白の絞《しぼ》りが入った大輪の花を無数に付ける。その傍《かたわ》らの枝垂《しだ》れ桜《ざくら》も堂々たる枝振《えだぶ》りだった。塀《へい》の外まで枝《えだ》を垂《た》れ、花の頃《ころ》には美しいお零《こぼ》れに与《あずか》ることができた。時にその花陰《はなかげ》を子供《こども》が通って行くのも楽しい。生垣《いけがき》の向こうにある側溝《そっこう》はかなり古いものらしく、切石で蓋《ふた》がしてあった。それで近所の子供《こども》たちが秘密《ひみつ》の通路として使っている。

有扶子は縁側《えんがわ》に腰《こし》を降《お》ろした。傍《かたわ》らに積んであるスケッチブックを引《ひ》き寄《よ》せる。手の中に包《つつ》み込《こ》んだ夾竹桃《きょうちくとう》の花を紙の上に置いた。

陽《ひ》が傾《かたむ》き、おまけに雨が降《ふ》っていると、電灯なしに手許《てもと》の見える場所はここしかない。どんなに明るい昼間でも、軒端《のきば》を離《はな》れれば灯《あか》りが必要だった。それでいつの間にか、ここが常《つね》の居場所《いばしょ》になっている。

鉛筆《えんぴつ》を執《と》って、花が傷《いた》まないうちにスケッチをした。しかし、ともすれば視線《しせん》は脳裏《のうり》に浮《う》かぶ女の姿《すがた》を辿《たど》ろうとする。

降《お》ろした両手を前で重ね、深く俯《うつむ》いた姿《すがた》は何かを耐《た》え忍《しの》んでいるように見えた。

もしもあれが「いない人」なのだとしたら。

彼女《かのじょ》に喪《も》の装《よそお》いをさせた誰《だれ》かは、彼女《かのじょ》にとってどんな人間だったのだろう。

有扶子はしばらく鉛筆《えんぴつ》を止めて、それを思《おも》い巡《めぐ》らせていた。

その翌日《よくじつ》も雨だった。霧《きり》のような雨が風に流れて降《ふ》っていた。

有扶子は門を出た。小路《こうじ》の幅《はば》いっぱいの門だ。格子戸《こうしど》を出たすぐ左手には、隣家《りんか》の生垣《いけがき》が延《の》びていた。膝《ひざ》の高さまで石垣《いしがき》を積んだ上に四《よ》つ目垣《めがき》を巡《めぐ》らせ、常緑樹《じょうりょくじゅ》の生垣《いけがき》を添《そ》えてある。水滴《すいてき》を含《ふく》んだ紅色《べにいろ》の新芽が鮮《あざ》やかだった。これは新しい造作《ぞうさく》だ。昨年の夏、以前の住人が越《こ》していき、あとから入った老年の夫婦《ふうふ》が設《しつら》えたものだ。それ以前は愛想《あいそ》のないブロック塀《べい》だった。塀《へい》の造作《ぞうさく》が変わっただけで、ずいぶん小路《こうじ》の雰囲気《ふんいき》が変わった。対面する右手に延《の》びる古びた土塀《どべい》との対比《たいひ》が美しい。

生垣《いけがき》に沿《そ》って一つ目の角を曲がった。雨の音は今日も静かで、波音のようだ。さらに生《いけ》垣《がき》に沿《そ》って歩くと、石段《いしだん》の両脇《りょうわき》に門柱を立てただけの入口がある。それを越《こ》えたところで正面から声をかけられた。

おはよう、という声に傘《かさ》を上げると、道の突《つ》き当《あ》たりにある家の前に、小さな少女が屈《かが》み込《こ》んで笑っているのが見えた。小笹《おざさ》家の実乃里《みのり》だ。実乃里は黄色い傘《かさ》を、ほとんど頭の上に載《の》せるようにして差している。足許《あしもと》には、前庭に立った百日紅《さるすべり》の大木が紅色《べにいろ》の花を落としていた。小路《こうじ》の濡《ぬ》れた石畳《いしだたみ》に、繊細《せんさい》な紙細工のような花が紅《あか》く点々と撒《ま》かれている。それは実乃里の足許《あしもと》から背後《はいご》に停《と》めた小型車の屋根にまで散り落ちて、可憐《かれん》な模様《もよう》を描《えが》いていた。

「おはよう」

歩きながら声を返すと、実乃里が得意そうに小さな手を広げてみせた。手の中には紅《あか》い花が三つ、載《の》せられている。

「綺麗《きれい》ね」

有扶子が言うと、実乃里は嬉《うれ》しそうに笑った。行ってらっしゃい、という実乃里の声に送られ、二つ目の角を曲がってさらに石畳《いしだたみ》を歩く。小笹家の白い築地塀《ついじべい》に沿《そ》って曲がり、さらにその先の角を曲がろうとしたとき、チリンと澄《す》んだ音を聞いた。

有扶子は思わず足を止めた。細かな雨が静かに降《ふ》りしきり、あたりを濡《ぬ》らしている。雨音に沁《し》み入るような高く美しい音色だった。

有扶子は恐《おそ》る恐《おそ》る歩を進めた。角を曲がって思わず足を止める。正面に見える曲がり角に黒い影《かげ》があった。

——あの女だ。

真っ黒な喪服《もふく》。傘《かさ》も差さずに俯《うつむ》いている。ただし今日は、女は歩いていなかった。表通りに出る最後の曲がり角、そこに立つ高塀《たかべい》のそばに立ち、俯《うつむ》いたまま佇《たたず》んでいる。

とても「いない人」には見えなかった。黒い髪《かみ》と喪服《もふく》に撒《ま》かれた銀の雨粒《あまつぶ》、帯にも着物にも地模様《じもよう》はない。本来はあって当然の紋《もん》も見えなかった。ただ黒一色の身なりだ。梅雨《つゆ》も終わろうとしていたが、着物は袷《あわせ》のように見えた。両手を前に垂《た》らして重ね、そこに同じく黒一色の数寄屋袋《すきやぶくろ》を抱《かか》えていた。——そんな細々《こまごま》とした様子が見て取れるほど、女の姿《すがた》は鮮明《せんめい》だった。そこに「いる」ようにしか見えない。

ただ、俯《うつむ》いた女の横顔には影《かげ》が落ちて、どうしても目鼻立ちを見て取ることができなかった。そして雨の中、雨粒《あまつぶ》を纏《まと》わりつかせていても濡《ぬ》れているようには見えない。

近寄《ちかよ》りたくはなかった。だが、女の脇《わき》を通るしか進む手段《しゅだん》がない。有扶子は反対側の土塀《どべい》に可能《かのう》な限《かぎ》り身体を寄《よ》せ、傘《かさ》を斜《なな》めに傾《かたむ》けて視線《しせん》を遮《さえぎ》りながら通《とお》り過《す》ぎた。

袋小路《ふくろこうじ》を出て表通りから振《ふ》り返《かえ》ると、俯《うつむ》いた後《うし》ろ姿《すがた》が小路《こうじ》の突《つ》き当《あ》たりに佇《たたず》んでいる。

身動きもないのに、チリンと澄《す》んだ鈴《すず》の音がした。


「こんにちは」

有扶子が傘《かさ》を畳《たた》みながら声をかけると、カウンターの中の千絵《ちえ》が顔を上げた。町屋を改《かい》装《そう》した小さいけれども趣味《しゅみ》の良いカフェだった。オーナーの千絵は有扶子とほぼ同《おな》い歳《どし》だ。つい十カ月ほど前まで袋小路《ふくろこうじ》に住んでいた。家を出たすぐ左手の、いまは生垣《いけがき》に囲まれた家がそれだ。そこを売《う》り払《はら》い、この家を買い取って店を開いた。

「こないだのピアス、好評《こうひょう》だったよ」

有扶子がカウンターに坐《すわ》るなり、千絵が言った。

「良かった」と有扶子は答えた。「少し子供《こども》っぽいかと思ったから」

忘《わす》れな草《ぐさ》のピアスだ。小さく鮮《あざ》やかな青の花を一輪、あるいは三輪。少女趣味《しゅみ》な気もしたが、忘《わす》れな草独特《ぐさどくとく》の透明《とうめい》感のあるブルーは巧《うま》く表現《ひょうげん》できたと思う。

千絵の店には、小さいけれども物販《ぶっぱん》のコーナーがある。店で出しているケーキやクッキー、あるいは千絵と親しい人間が持《も》ち込《こ》んだ工芸品。有扶子はそこにアクセサリーを置かせてもらっている。幸い、評判《ひょうばん》はいいようだ。全て有扶子一人の手作りだから数は決して多くないが、それなりの周期できちんと捌《は》けている。

「これ、今週のぶんね」

千絵は封筒《ふうとう》と伝票を水の入ったグラスと一緒《いっしょ》に差し出した。伝票を見ると、忘《わす》れな草《ぐさ》のピアスは三つ全部が捌《は》けたようだ。こういう結果を見ると嬉《うれ》しい。

ありがとう、と封筒《ふうとう》を押《お》し戴《いただ》いて、代わりにバッグから小箱を出す。新しいピアスが二つにチョーカーが二つ。そして椿《つばき》のブローチが一つ。

「あら、これ、素敵《すてき》」と、千絵は真っ先にブローチを手に取った。「工芸展《こうげいてん》の試作品？

椿《つばき》を作るって言ってたよね」

「うん」

赤に白い絞《しぼ》りが入った椿《つばき》の花だ。花弁《かべん》を一枚一枚《いちまいいちまい》銅板《どうばん》から切り出し、叩《たた》いて微妙《びみょう》な凹凸《おうとつ》を付け、七宝《しっぽう》で焼き上げてから花の形に組み上げる。

「綺麗《きれい》な赤」

「でも、絞《しぼ》りの具合がもうひとつ」

試作品だから小振《こぶ》りだし、形もブローチ用にデフォルメしてある。作品のほうは完全な実物大の椿《つばき》を作るつもりだった。七宝《しっぽう》のメタリックな赤と緑は椿《つばき》の花と葉を表現《ひょうげん》するのに良かったが、絞《しぼ》りを入れるのが難《むずか》しい。

「そんなもんかなあ。充分《じゅうぶん》いいように見えるけど」

千絵は椿《つばき》を矯《た》めつ眇《すが》めつしている。

「ちっとも本物っぽくないもの」

溜息《ためいき》をついたとき、チリン、と音がした。有扶子は驚《おどろ》いて振《ふ》り返《かえ》った。ドアを開けて二人連れの客が入ってくるところだった。客の一人が手にしているキーホルダーに鈴《すず》が揺《ゆ》れている。

なんだ、と有扶子は息を吐《つ》いた。微苦笑《びくしょう》しながら視線《しせん》を千絵のほうに戻《もど》すと、千絵は眼《め》を見開いて客のほうを見ていた。表情《ひょうじょう》が強張《こわば》っていた。

「……どうしたの？」

千絵は我《われ》に返ったように有扶子を見た。ぎこちなく笑《え》みを浮《う》かべる。

「何でもない。――コーヒーでいい？」


――何でもない様子には見えなかったけれど。

千絵の店を出て七宝《しっぽう》教室に向かった。市が主催《しゅさい》している文化教室で、有扶子はそこでクラスを二つ持っている。それを終え、月に一度の会議を終えて雑用《ざつよう》を片付《かたづ》けると、すっかり陽《ひ》が暮《く》れていた。夕飯の買い物をして家路を急ぐ。表通りから袋小路《ふくろこうじ》に入るとき、有扶子はいったん足を止めて、そっと袋小路《ふくろこうじ》の様子を窺《うかが》った。正面の曲がり角に、あの女の姿《すがた》は見えなかった。

袋小路《ふくろこうじ》には街灯が乏《とぼ》しい。暗い夜道であの女に会いたくはない。怯《おび》えた気分で小路《こうじ》に入った。角を曲がる前に耳を澄《す》ましてみたが、鈴《すず》の音は聞こえなかった。念のために足を止めて先を窺《うかが》ったが、次の角までの間にも女の姿《すがた》はない。

有扶子は、土塀《どべい》に囲まれたこの袋小路《ふくろこうじ》が好きだった。いかにも城下町《じょうかまち》らしい風情《ふぜい》を感じさせる。両側に並《なら》ぶ家はどれも古く、庭木は大きくて塀《へい》の外にまで季節季節の便りが零《こぼ》れる。ひっそりと静かな佇《たたず》まいも好ましく思っていたが、初めて袋小路《ふくろこうじ》が不安になった。袋《ふくろ》小路《こうじ》の突《つ》き当《あ》たりに家があるということは、どこにも逃《に》げ場《ば》がないということだ。別の道を使って迂回《うかい》することができない。

曲がり角を折れるごとに先の様子を窺《うかが》い、何者の姿《すがた》もないことに安堵《あんど》して息を吐《つ》く。それを繰《く》り返《かえ》して家に戻《もど》った。格子戸《こうしど》には回覧板《かいらんばん》が挟《はさ》まれていた。折り紙で作った蝸牛《かたつむり》が添《そ》えてある。実乃里からのプレゼントだろう。いつだったか、名前の入ったブローチを作ってあげて以来、こうして事あるごとにささやかなお返しをしてくれる。

実乃里のおかげでようやく緊張《きんちょう》を解《と》いて、有扶子は背後《はいご》を振《ふ》り返《かえ》った。

暗く人気《ひとけ》のない小路《こうじ》が、雨に打たれてひっそりと延《の》びていた。

三日後がまた雨だった。この日は憂鬱《ゆううつ》になるほどの強い雨が朝から降《ふ》っていた。

家を出て角を一つ折れ、二つ折れして、四つ目の角に向かうところで鈴《すず》の音を聞いた。またた、と思いながら角を曲がると、あの女がいた。女は前回立ち止まっていた五つ目の角を曲がって、こちらのほうへと歩いてきていた。

ひどく不安な気分になった。女は小路《こうじ》に入り、角で立ち止まり、そして曲がった。小路《こうじ》を奥《おく》へと進んできている。

ほかに術《すべ》がなくて、この日も女のほうへ傘《かさ》を傾《かたむ》けながらすれ違《ちが》った。女は無言で、ひっそりとただ俯《うつむ》いている。その日の帰り、同じ場所を通ったときにも、小路《こうじ》に落ちた影《かげ》のように、同じ場所に留《とど》まったまま歩いていた。

さらに次、女に出会ったのは梅雨《つゆ》の終わりのことだった。やはりその日も雨だった。有扶子が家を出て小路《こうじ》を進むと、四つ目の角で立ち止まっていた。白い築地塀《ついじべい》のすぐそばに立ち、額《ひたい》を塀《へい》に当てるようにして俯《うつむ》いている。

どうやら女は雨の日にしか姿《すがた》を現《あらわ》さないようだった。そして、疑問《ぎもん》の余地《よち》なく、小路《こうじ》を奥《おく》へと進んでいた。一日をかけて真《ま》っ直《す》ぐに進み、次の雨の日には曲がり角で立ち止まる。止まるというより、塀《へい》に行く手を遮《さえぎ》られているように見えた。先に進みたいのに塀《へい》があって進めない、それで立《た》ち尽《つ》くしているように。次の雨の日には向きを変え、小路《こうじ》をさらに奥《おく》へと進む。

そう理解《りかい》すると、雨の日に出掛《でか》けるのが嫌《いや》だった。どうしても出掛《でか》けなければならない用のある日には、降《ふ》らないでくれと思う。幸い、雨のないまま梅雨《つゆ》が明けた。

この街は基本的《きほんてき》に雨が少ない。梅雨《つゆ》が明けてしまえば、降《ふ》るのは夕立《ゆうだち》ばかりだ。おかげで天気予報《よほう》に注意を払《はら》っても、降《ふ》るか降《ふ》らないかを見定めるのが難《むずか》しかった。しかも唐突《とうとつ》に降《ふ》る雨は、天の底が抜《ぬ》けたような豪《ごう》雨《う》になることもあれば、申《もう》し訳程度《わけていど》に降《ふ》ってすぐさま上がることもある。それで女の行動を読みにくくなった。あまりに短時間の雨だったり、雨量が少ないと女は現《あらわ》れないようだ。次回に見掛《みか》けたとき、歩みが進んでいないことがあった。そして、夜にも現《あらわ》れることはないようだ。夜の間に雨が降《ふ》っても朝までに上がれば女の居場所《いばしょ》は動かない。

――あれはいったい、何なのだろう。

有扶子は茶の間に隣《とな》り合《あ》う六畳《じょう》に置いた作業机《さぎょうづくえ》に向かい、椿《つばき》の花弁《かべん》を研《と》いだ。越《こ》してきたとき、この六畳《じょう》だけは最低限《さいていげん》、手を入れた。板張《いたば》りにし、水を使えるように流しを置き、炉《ろ》を並《なら》べた一郭《いっかく》には耐火材《たいかざい》を貼《は》ってもらった。費用は祖母《そぼ》が残してくれた。嫁入《よめい》り支度《じたく》に、と貯《た》めてくれていたものだ。つましい生活をしながら、祖母《そぼ》は黙《だま》って孫たちの人数ぶん、纏《まと》まった額《がく》の預金《よきん》をしていた。——そういう人だった。

そのことを思い出すたび、亡《な》き人《ひと》に生かされている自分を思う。

——この椿《つばき》も。

庭の向こうに見える隣家《りんか》の椿《つばき》だ。祖母《そぼ》の持ち物ではなかったが、祖母《そぼ》が残してくれたものには違《ちが》いない。

鮮《あざ》やかな赤い花弁《かべん》の片側《かたがわ》に細く、きりりと白い縦絞《たてしぼ》りが入っていた。試行錯誤《しこうさくご》の末、あえて焼成《しょうせい》を強くして有線を倒《たお》してみた。これまで試《ため》した中では、いちばん具合がいいようだった。

黙々《もくもく》と作業をしていると、いまはもういない人のことばかりが浮《う》かんでくる。亡《な》くなった祖母《そぼ》、あるいは大学の恩師《おんし》、若《わか》くして死んだ友人、そして——「いない人」。

あの女は、どこからどこへ向かって歩いているのだろうか。それとも、この袋小路《ふくろこうじ》にのみ現《あらわ》れているのだろうか。

思って、ふと疑問《ぎもん》に感じた。あの女は、最近になって現《あらわ》れたのか、それとも。

——ひょっとして、以前にも現《あらわ》れていた？

そう感じたのは、千絵がいつか強張《こわば》った顔をしていたからだ。女の付けた鈴《すず》に似《に》た音を聞いて、明らかに顔色を変えていた。ひょっとしたら千絵は、あの音に聞き覚えがあるのかもしれない。

こんなに古い街だから。

家々にはそれぞれ歴史があり、町筋《まちすじ》にもそれぞれの由来があるだろう。あるいはあの女は、この袋小路《ふくろこうじ》に縁《ゆかり》を持つ人物だったのかもしれない。何らかの思いがあって、死後もあして小路《こうじ》を辿《たど》っている。

その思いとは何だろう。それは黒一色のあの喪装《もそう》に関係しているのだろうか。結《ゆ》い上《あ》げた髪《かみ》の形からすると、そんなに遠い昔のこととも思われない。いったいいつから、女はこの小路《こうじ》に囚《とら》われているのだろう。

作業をしながら、女にまつわる物語を様々に想像《そうぞう》してみたりした。

それをふと思い出したのは、その次の七宝《しっぽう》教室の日だった。

「渡邊《わたなべ》さんは、たしか、うちの近所でしたよね」

有扶子は生徒の一人に話《はな》し掛《か》けた。渡邊加代《かよ》は、五十過《す》ぎの陽気な主婦《しゅふ》だ。加代はせっせと絵の具になる釉薬《ゆうやく》を洗《あら》っていた。絵の具は使う前に何度も洗《あら》って不純物《ふじゅんぶつ》を取《と》り除《のぞ》く。そうしないと濁《にご》った色になってしまう。

「そうですよぉ。先生は袋小路《ふくろこうじ》の奥《おく》でしょう。うちから五分くらいですかね」

「あの袋小路《ふくろこうじ》って、何か伝説みたいなものはないんですか?」

有扶子が訊《き》くと、竹篦《ホセ》を顎《あご》に当てて加代は首をかしげた。

「ないと思いますよ。わたしは聞いたこと、ないですねぇ」

「お葬式《そうしき》にまつわる話とか」

お葬式《そうしき》ですか、と言いながら、加代は絵の具の上澄《うわず》みを捨《す》てる。新たに水を足してホセで丁寧《ていねい》に掻《か》き混《ま》ぜ始めた。

「不幸なお葬式《そうしき》があった、とか？」

有扶子が言うと、ああ、と加代は声を上げた。

「そういえば可哀想《かわいそう》なお家がありましたよ。佐伯《さえき》さんといったかしら」

「へえ？」

有扶子は軽く身を乗り出したが、加代が語ったのは、有扶子が想像《そうぞう》していたようなロマンチックな悲劇《ひげき》などではなかった。

「昔ね、袋小路《ふくろこうじ》に面して佐伯って家があったんですよ。可哀想《かわいそう》に、なんだか不幸の続くお家でね」

最初に祖父《そふ》が亡《な》くなり、続いて孫が亡《な》くなった。

「立て続けだったんです。──それから三年ぐらいしてからですかね、今度はもう一人のお孫さんが溺《おぼ》れて亡《な》くなって。そしたら翌年《よくねん》、今度は息子《むすこ》さんが亡《な》くなったんです。交通事故《じこ》で」

有扶子はぽかんとした。

「……四人も？」

「そうなんです。それぞれ二人ずつ続いたんですよぉ。まあ、偶然《ぐうぜん》かもしれないですけどね。それで結局、お祖母《ばあ》ちゃんとお嫁《よめ》さんだけが残されちゃって」

その数年後だった、という。

「誰《だれ》かねえ、おっちょこちょいな人が、間違《まちが》えて佐伯さんの家にお悔《く》やみに行ったんですって」

有扶子は、はっとした。

「お悔《く》やみ……？」

「ええ。誰《だれ》も亡《な》くなってないのに、喪服《もふく》の女の人がお悔《く》やみに行ったらしいんですよ。お祖母《ばあ》ちゃんが対応《たいおう》したみたいですけど、それでどこか切れちゃったんですかねえ。悔《く》やみが来たから自分か嫁《よめ》が死ぬんだって大騒《おおさわ》ぎして。……不幸の続く家だったから、いろいろ敏感《びんかん》になってたんでしょうね。可哀想《かわいそう》に、それで思《おも》い詰《つ》めたのか、その日の夕方、列車に飛《と》び込《こ》んじゃったんですよ、お祖母《ばあ》ちゃん」

話が耳に入ったのだろう、本当なの、とほかの生徒たちが口を挟《はさ》んだ。本当、と加代は言って、大昔の武者溜《むしゃだ》まりにある踏切《ふみきり》で、などと場所を説明していた。生徒たちによれば、高架《こうか》になるまでは事故《じこ》や飛《と》び込《こ》みの多い踏切《ふみきり》だったらしい。

そんな話を聞きながら、有扶子は別のことを考えていた。その女は、ひょっとして——。

「……それは、どの家ですか？」

有扶子が訊《き》くと、

「袋小路《ふくろこうじ》に入って、最初に突《つ》き当《あ》たる家ですよ。お嫁《よめ》さん一人が残されて、家を売って実家に戻《もど》っちゃったんです。そこを買った人が家を建《た》て替《か》えたんですけど、そのとき家の表《おもて》裏《うら》を逆《ぎゃく》にしちゃったから、先生は御存《ごぞん》じないかもしれないですね。いまは袋小路《ふくろこうじ》に裏《うら》が面していますから。以前、裏《うら》だったほうの道が拡幅《かくふく》されたんで、家を建《た》て替《か》えるとき、そちらを表にしたみたいですよ。そのほうが車の出入りに便利だから」

加代が言っているのは、いつぞや女が立ち止まっていた高塀《たかべい》の家だ。袋小路《ふくろこうじ》に面しては塀《へい》しかないが、かつては小路《こうじ》側に門があったのだという。

加代は声を低めて呟《つぶや》いた。

「突然《とつぜん》、喪服《もふく》の人がお悔《く》やみに来たら、縁起《えんぎ》でもないっていうか……悪い先触《さきぶ》れに遭《あ》ったような気分がしても無理はないですよねえ」

有扶子には、そうね、としか答えられなかった。

その日、有扶子が教室を出たところで、急に空が曇《くも》り始めた。雨の予感に足を急がせたが、すぐに滝《たき》のような雨が降《ふ》り始めた。傘《かさ》は持っていたものの、傘《かさ》だけで凌《しの》げるような雨量ではない。有扶子は間近にあった書店に飛《と》び込《こ》んだ。

雨を逃《のが》れて息をついた。通りの向こう側が霞《かす》むほどの雨だ。

——あの女は現《あらわ》れるだろうか。

初めて女の存在《そんざい》を、怖《こわ》いと感じていた。佐伯家で続いた死者と女の関係は定かではない。だが、無関係ということがあるだろうか?

考《かんが》え込《こ》んでいるうちに、雨は次第《しだい》に勢《いきお》いを減《げん》じ、そのまま、しとしとと陰鬱《いんうつ》な調子の雨になって留《と》まった。有扶子は仕方なく書店を出て家に向かった。袋小路《ふくろこうじ》に入る。正面には板塀《いたべい》の上に土壁《つちかべ》を築《きず》いた高塀《たかべい》が見えている。あれがかつての佐伯家だ。

確《たし》かに周囲の塀《へい》に比《くら》べて、いくぶん新しいようだ。それを確認《かくにん》しながら曲がり角を折れて、さらに突《つ》き当《あ》たりを折れる。石畳《いしだたみ》の小路《こうじ》は低い垣根《かきね》の家に突《つ》き当《あ》たっている。そこで三度曲がると、チリンと澄《す》んだ音がした。思わず足を止めて顔を上げると、女は前方の角――小笹家の前で佇《たたず》んでいた。

どきりとした。女は正面に見える生垣《いけがき》に向かって俯《うつむ》いている。そこは以前、千絵が住んでいた家だ。かつては小路《こうじ》が突《つ》き当《あ》たる位置に駐車場《ちゅうしゃじょう》があって、その奥《おく》に玄関《げんかん》があった。そしてそのすぐ右手が実乃里の家だ。小笹家の境界《きょうかい》には門がない。白漆喰《しろしっくい》を塗《ぬ》った古風な築地塀《ついじべい》が家の前で唐突《とうとつ》に切れている。おそらく、近年になって駐車場《ちゅうしゃじょう》を設《もう》けるために塀《へい》を切ったのだろう。おかげで駐車場《ちゅうしゃじょう》は道の延長《えんちょう》と考えられなくもない。女がもしも右へと方向を変えれば、数歩で実乃里の家の敷地《しきち》に入ってしまう。

目を離《はな》すことができなくて、有扶子はしばらく俯《うつむ》いた後《うし》ろ姿《すがた》に見入っていた。女は雨に打たれながら、じっとその場に立っている。黒髪《くろかみ》にも黒衣にも白く雨粒《あまつぶ》が光っていた。

意を決して歩き始める。女は微動《びどう》だにしない。塀《へい》に向かって俯《うつむ》いたまま、ただひたすら立《た》ち尽《つ》くしている。

女の背後《はいご》を通《とお》り過《す》ぎるとき、チリンとまた鈴《すず》の音が聞こえた。

その二日後だった。昼過《ひるす》ぎにまた強い驟雨《しゅうう》があった。有扶子は家でその雨脚《あまあし》を見ていた。庭に茂《しげ》った木々の緑を打ちのめすように雨が降《ふ》る。小降《こぶ》りになっては強まり、結局、夕方近くまで降《ふ》り続《つづ》いていた。不安で堪《たま》らず、有扶子は小雨《こさめ》になった雨の中、小路《こうじ》へと出た。一つ目の角を曲がる前に、チリンという怖《こわ》いほど冴《さ》え冴《ざ》えとした音を聞いた。

——来てる。

恐《おそ》る恐《おそ》る曲がり角の向こうを覗《のぞ》くと、黒い影《かげ》が見えた。実乃里の家のすぐ手前。女は小笹家には向かわず、小路《こうじ》の奥《おく》へと進んできたのだ。すると次の雨の日には角に達してしまう。女はそこで方向を変える。二度目の雨の日にはそこから有扶子の家に向かってくる。

——それで？

袋小路《ふくろこうじ》の奥《おく》まで到達《とうたつ》したら、いったい何が起こるのだろう。

思《おも》い悩《なや》んだ末、翌日《よくじつ》、有扶子は千絵の店に出掛《でか》けた。ドアを開けると、千絵は有扶子を振《ふ》り返《かえ》り、ちょっと意外そうな顔をした。週に一度訪《たず》ねる、その日ではなかったからだ。

「どうしたの？　買い物？」

千絵は笑って水の入ったグラスを差し出す。店内には人影《ひとかげ》がなかった。この時間帯、最も客が少ないと承知《しょうち》していた。

「ねえ――。喪服《もふく》の女の人って、何なのかしら」

有扶子が言ったとたん、千絵ははっとしたように有扶子を見た。しばらく強張《こわば》った表《ひょう》情《じょう》で有扶子を見つめ、やがてぎこちない笑《え》みを浮《う》かべる。

「何、って？」

「和装《わそう》の喪服《もふく》なの。この季節に袷《あわせ》で、雨なのに傘《かさ》も差してない。それって変じゃない？」

有扶子には、千絵が凍《こお》りついたように見えた。やはり、千絵はあの女を知っているのだ。

「鈴《すず》を付けてたな。澄《す》んだ、綺麗《きれい》な音色の鈴《すず》」

「……来たの？」

千絵の声は震《ふる》えていた。顔色は紙のように白かった。

「ん？」

あえて問い返すと、千絵はカウンター越《ご》しに有扶子の腕《うで》を握《にぎ》った。

「来たの？　有扶子の家に？」

ううん、と有扶子は首を横に振《ふ》った。

「見掛《みか》けたの。小笹さんの家の前で」

千絵は、そんな、と呟《つぶや》いた。

「あれは、何？　知っているんでしょう？」

有扶子が見つめると、千絵はしばらくして溜息《ためいき》をついた。

「……たぶん、あの女のことだと思う」


それは中学二年生のときだった、という。

千絵は一人で家にいた。その日も雨が降《ふ》っていた。陰鬱《いんうつ》な雨音を聞きながら留守番《るすばん》をしていると、突然《とつぜん》、玄関《げんかん》の戸が開く音がした。買い物に行った母親が戻《もど》ってきたのだろうと思ったとき、チリンと澄《す》んだ鈴《すず》の音がした。怪訝《けげん》に思って玄関《げんかん》に出ると、三和土《たたき》に黒衣の女が立っていた。

和装《わそう》の喪服姿《もふくすがた》だった。髪《かみ》にも喪服《もふく》にも雨粒《あまつぶ》が付いていた。降《お》ろした両手を慎《つつし》み深《ぶか》く前で重ねて、黒い数寄屋袋《すきやぶくろ》を抱《かか》えていた。

どなた、と千絵が声をかける前に、俯《うつむ》いた女は折り目正しく頭を下げた。帯締《おびじ》めに下げた鈴《すず》がチリンと鳴った。

「お悔《く》やみを申し上げます」

女ははっきりとそう言った。何のことか分からずに千絵が立《た》ち尽《つ》くしていると、女は頭を下げたまま数寄屋袋《すきやぶくろ》から白い金封《きんぷう》を取り出した。単に和紙を畳《たた》んだもので、水引は付いていない。女は軽く膝《ひざ》を折り、流れるような動作で上《あ》がり框《がまち》にそれを置いた。置いて再《ふたた》び一礼し、そしてすっと薄《うす》れて消えた。チリンと澄《す》んだ音だけがあとに残った。

うそ、と千絵は声を上げた。玄関《げんかん》にはもう誰《だれ》の姿《すがた》も見えない。慌《あわ》てて三和土《たたき》に降《お》り、戸を開けて外を見てみたが、やはり女の姿《すがた》は見つけられなかった。うろたえて振《ふ》り返《かえ》ると、上《あ》がり框《がまち》には白い金封《きんぷう》が残されている。

恐《おそ》る恐《おそ》る手に取った。水引がないだけでなく、表書きもない。開いてみると、中はまったくの空だった――。

「帰ってきた母にその話をして、包みを見せたら、母はものすごく変な顔をしてた」

言いながら、千絵は二つのカップにコーヒーを落とした。

「夜に父が帰ってきて、母はそのことを話したようだった。しばらく玄関《げんかん》で声を潜《ひそ》めて話をしてたな。私《わたし》に聞かせたくない話だったみたい」

ただ、千絵は何事だろうと思って様子を窺《うかが》っていた。何を話しているのかは聞き取れなかったが、「佐伯さんが」と言ったのだけは耳にした。

「佐伯というのは――」

「聞いたわ」と有扶子は言った。「最初の角にあった家よね?」

そう、と千絵は重い溜息《ためいき》をついた。コーヒーを差し出し、

「不幸がたくさん続いた家。――すごく嫌《いや》な感じがした。喪服《もふく》の女にお悔《く》やみを言われただけでも気分が悪いじゃない。しかも私《わたし》にとって、佐伯さんは縁起《えんぎ》の悪い家だった。だから良くないことが起こりそうな気がして」

そしたら、と千絵は小声で言った。

「その翌日《よくじつ》、父が死んだ」

交通事故《じこ》だったという。

「お葬式《そうしき》が終わったあと、あの女は何だったのか母に訊《き》いたけど、母は教えてくれなかった。教えてくれたのは父の七回忌《かいき》のとき」

言って、千絵はしばらく口を噤《つぐ》んだ。迷《まよ》うように自身の手の中にあるカップの中を見つめていた。

「……佐伯さんの家にも現《あらわ》れていたのよ、あの女。喪服《もふく》の女が来た、って小母《おば》さんが気味悪がっていたことがあったんですって。死人なんかいないのに、悔《く》やみを言って金封《きんぷう》を置いていったらしいの。お祖母《ばあ》ちゃんはそれを聞いて、すごく取《と》り乱《みだ》したみたい。倒《たお》れるんじゃないかと思った、って話を小母《おば》さんが母にしたって」

「ひょっとして……」

有扶子が呟《つぶや》くと、千絵は頷《うなず》いた。

「その翌日《よくじつ》に小父《おじ》さんが亡《な》くなった」

やはり予兆なのだ、と有扶子は思った。あの女は死の先触《さきぶ》れ——。

「その前年にも、お孫さんが亡《な》くなったばかりだった。そしてその五、六年あとかな。今度は、お祖母《ばあ》ちゃんが」

「その話も聞いたわ。やっぱり喪服《もふく》の女が来た、って」

千絵は頷《うなず》いた。

「近所の人は、誰《だれ》かが訪《たず》ねる家を間違《まちが》えたんだろう、と言ってたけど」

佐伯家の嫁《よめ》は出掛《でか》けていた。老婆《ろうば》だけが家に残っていた。そして女が現《あらわ》れた。老婆《ろうば》は自身か嫁《よめ》の命が翌日《よくじつ》には尽《つ》きることを悟《さと》った。周囲にもそう訴《うった》えている。おそらくは結果を待つことに耐《た》えられなかったのだろう。自ら死期を定めた。――あるいは、自らが犠牲《ぎせい》になることで嫁《よめ》を守ろうとしたのかもしれない。

「そしたら、去年」

千絵は言って、言葉を途切《とぎ》れさせた。有扶子ははっとした。そう、昨年、千絵の母親は亡《な》くなったのだ――。

「……嘘《うそ》でしょう？」

有扶子が思わず声にすると、千絵は首を振《ふ》った。

「雨の日だったわ。私《わたし》は二階の部屋にいた。そしたら窓《まど》の外から鈴《すず》の音が聞こえたのよ。

あの女の付けてた鈴《すず》の音だ、ってすぐに思い出した。慌《あわ》てて駆《か》け降《お》りて玄関《げんかん》に出たら、母が三和土《たたき》に金封《きんぷう》を握《にぎ》って坐《すわ》り込《こ》んでた」

その夜、母娘《ははこ》は抱《だ》き合《あ》って過《す》ごした。泣きながら互《たが》いの手を握《にぎ》り合って、絶対《ぜったい》に明日は出掛《でか》けるまいと誓《ちか》った。

「でも、無駄《むだ》だった。母が突然《とつぜん》、苦しみだして」

千絵の腕《うで》の中に倒《たお》れ込《こ》んできた。慌《あわ》てて救急車を呼《よ》んだが、間に合わなかった。心筋梗《しんきんこう》塞《そく》だった。

千絵は頭を抱《かか》え込《こ》んだ。

「怖《こわ》くて、とてもあの家には住めなかった。──ありがちな表現《ひょうげん》だけど、本当に恐怖《きょうふ》の一夜だったのよ。翌日《よくじつ》には母か私《わたし》のどちらかが死んでしまう」

千絵はなんとなく、あの袋小路《ふくろこうじ》が呪《のろ》われているのだ、という気がしたのだという。千絵にとって、女は予兆ではなく死神だった。

「なんであんなものに魅入《みい》られたのか分からない。けど、確《たし》かなのは、たぶんいずれまた、あの女はうちに来るだろう、ってこと」

それで家を売って小路《こうじ》を出た。

無理もない、と思い、そして有扶子はふっと疑問《ぎもん》に思った。千絵は家を出たが、建物には現在《げんざい》、別の住人がいる。女は千絵の家を目指していたのだろうか。それとも、あの場所にある建物を目指していたのだろうか。

もしも後者だとしたら。

穏和《おんわ》な老夫婦《ろうふうふ》の顔が浮《う》かんだ。女は昨日、あの家を訪《たず》ねた？　すると今日、あの仲の良い夫婦《ふうふ》のうちのどちらかが――。

そう思ったとき、違和感《いわかん》を感じた。あの女は必ず角で立ち止まっていた。先に進みたいのに進めない、それで行く先を思案しているように見えた。思案したあげく、小路《こうじ》に沿《そ》って向きを変える。次の角までを真《ま》っ直《す》ぐに進む。塀《へい》に突《つ》き当《あ》たるわけでもないのに、向きを変えるというのが意外に思える。

「……ねえ？　佐伯さんの家の門はどこにあったの？」

千絵は怪訝《けげん》そうにした。

「突《つ》き当《あ》たりよ。袋小路《ふくろこうじ》に入ってすぐの突《つ》き当《あ》たり」

「道の正面？」

「だったわ。正確《せいかく》には、門はなかったけど。うちと同じようにアコーディオン式のフェンスで区切ってあっただけ。正面に駐車《ちゅうしゃ》スペースがあって、その奥《おく》が玄関《げんかん》だった。——それがどうかした？」

有扶子は事態《じたい》を最初から説明した。最初に女を見掛《みか》けた日のこと、そのあとの道筋《みちすじ》。

「それで思うんだけど。あの女、ひょっとしたら真《ま》っ直《す》ぐにしか進めないんじゃないかしら。袋小路《ふくろこうじ》に入って真《ま》っ直《す》ぐ進むと、かつては佐伯家の門に突《つ》き当《あ》たってた。だから中に入ってきた」

だが、佐伯家は建《た》て替《か》えられて門の位置を変えてしまった。突《つ》き当《あ》たりにはもう塀《へい》しかない。それで女は方向を変えたのではないか。

「でも」と、千絵は言う。「だったら、次がうちだったのはなぜ？　うちと佐伯さんちの間には、ほかにも家があるのに」

有扶子は頷《うなず》いた。佐伯家のあった角で向きを変え、直進すると次の角に出る。そこでさらに向きを変える。次の角に達する途中《とちゅう》に家があるが、その家は道の途中《とちゅう》に門を構《かま》えている。女は真《ま》っ直《す》ぐにしか進めないから、この家は無視《むし》される。次の角に辿《たど》り着《つ》く。そこで向きを変える。その先にもさらに一軒《けん》、小路《こうじ》に面する家があるが、ここも門は道の半ばだ。女は突《つ》き当《あ》たりに至《いた》る。そこには小笹家がある。しかし入口は道の脇《わき》で、正面ではない。正面には、かつて千絵の家の門があった。

「――そう考えると、佐伯家の次は千絵の家になるわ」

「そうか」と、千絵は安堵《あんど》したように呟《つぶや》いた。「じゃあ、私《わたし》のあとに住んでる人は……」

「大丈夫《だいじょうぶ》かもしれない。門は道の半ばに変わってしまったから」

有扶子の想像《そうぞう》通りなら、女は老夫婦《ろうふうふ》の家を通《とお》り過《す》ぎる。次の雨の日、一つ目の角で立ち止まり、そこで向きを変える。――そして。

「……真《ま》っ直《す》ぐうちにやってくる」

千絵は短く声を上げた。狼狽《ろうばい》したように、

「有扶子、越《こ》したほうがいい。すぐに」

「……それは無理」

「だって」

有扶子は溜息《ためいき》をついた。

「実を言うと、何度か考えてみたの。でも、あの家を離《はな》れたら生活できない」

どう考えてもそれでは生活が成り立たない。生活できる程度《ていど》のアパートに越《こ》したら仕事ができない。大小の炉《ろ》もあれば薬品もある。作業用の水場だって必要だ。

有扶子がそう言うと、

「だって、自分の命のことなのよ。――じゃあ、家を売ったら？　そうすれば」

「いまからじゃ間に合わないわ」

「だったら次の雨の日、家を空《あ》ける」

有扶子は考《かんが》え込《こ》んだ。家に誰《だれ》もいなかったら、あの女はどうするのだろう。訪問《ほうもん》を諦《あきら》めるのか、それとも勝手に家に入って金封《きんぷう》だけを置いていくのか。

「ねえ？　千絵の家に女が来たとき、玄関《げんかん》に鍵《かぎ》は掛《か》かってた？」

千絵は考《かんが》え込《こ》み、

「……掛《か》けていたと思う。中学生のときにあれが来て以来、母はとても神経質《しんけいしつ》になっていたから」

玄関《げんかん》の戸は閉《し》めたら必ず鍵《かぎ》を掛《か》ける、それが千絵の家のルールになっていた、という。

「じゃあ、閉《し》め出《だ》すことはできないわけよね。だったら、勝手に入ってくるだけのことなんじゃないかしら」

それなら、と千絵は取《と》り乱《みだ》したように声を張《は》り上《あ》げた。

「門を塞《ふさ》いだら？」

言ってから、千絵は意を得たように頷《うなず》いた。

「そう。門を塞《ふさ》いでしまえばいいのよ」

「うちの門は道幅《みちはば》いっぱいなのよ。塞《ふさ》いだら家から出入りできないわ」

「女は雨の日にしか来ないんでしょう？　だったら、次の雨の日が終わるまで、門を塞《ふさ》いでどこかに行っていればいいじゃない。うちにいればいいわ。そうすれば――」

一瞬《いっしゅん》、その手があったか、と思った。完全に板か何かで塞《ふさ》いでしまえば。そうすれば、突《つ》き当《あ》たりは塀《へい》になる。女はそこで立ち止まらざるを得ない。そして次の雨の日、向きを変えるしかなくなるだろう。

そこまでを思って、有扶子ははっとした。

「……それは、駄目《だめ》」

なぜ、と問う千絵に、

「そうしたら、女はどうすると思う？」

もしも向きを変え、小路《こうじ》を折り返したら。袋小路《ふくろこうじ》を引き返し、来たときと同じように進んでいけば、やがて実乃里の家に突《つ》き当《あ》たる——今度は正面から。

千絵が声もなく息を呑《の》んだ。

次の雨は翌週《よくしゅう》だった。有扶子は恐《おそ》る恐《おそ》る表に出てみた。格子戸《こうしど》の間から小路《こうじ》を覗《のぞ》く。チリンと澄《す》んだ音が聞こえた。正面に見える曲がり角に、女が佇《たたず》んでいた。

——やはり。

有扶子は震《ふる》える足で家に戻《もど》り、意味がないと分かっていたが、鍵《かぎ》を掛《か》けた。

女はこちらへ向かって来ている。次の雨の日にはこの家にやってくる。そうすれば、その翌日《よくじつ》には。

部屋に戻《もど》って千絵に電話をした。だが、千絵は電話に出なかった。携帯《けいたい》電話も店の電話も応答《おうとう》がない。

——今日は休みじゃないのに。

仕方なく留守番《るすばん》電話にメッセージを残した。

「……やっぱりうちに来るみたい」

泣《な》き叫《さけ》ぶほど差《さ》し迫《せま》った恐怖《きょうふ》を感じてはいない。ただ、いたたまれないほど心細かった。


翌日《よくじつ》、有扶子は家の外からの声で目を覚ました。

身を起こすと背中《せなか》が痛《いた》んだ。どうやら作業机《さぎょうづくえ》に向かったまま寝入《ねい》っていたらしい。それに気づいて、はっと縁側《えんがわ》を振《ふ》り返《かえ》った。外には陽《ひ》が射《さ》している。夏の陽射《ひざし》が、あっけらかんとした光を投《な》げ掛《か》けていた。

有扶子は息を吐《つ》いた。

空は青く明るい。昨夜の天気予報《よほう》では降水確率《こうすいかくりつ》は十パーセント。どうやら予報《よほう》が当たったようだ。窓《まど》の外を確認《かくにん》していると、再《ふたた》び声がした。玄関《げんかん》の戸を叩《たた》く音がする。我《われ》に返って、有扶子は慌《あわ》てて玄関《げんかん》に出た。

戸を開けると、千絵が立っていた。

「留守番《るすばん》電話を聞いて――」

千絵の顔は強張《こわば》っている。

「ごめんなさい。つまらない電話をして」

「つまらなくなんて、ない」

泣きそうな顔をした千絵は、背後《はいご》に若《わか》い男を伴《ともな》っていた。怪訝《けげん》に思った有扶子が目を留《と》めると、細い眼《め》をさらに細めて笑い、ぺこりと頭を下げる。

「昨日、いなくてごめん。心細かったよね。ずっと探《さが》していたの」

「探《さが》すって……」

有扶子が千絵と男を見比《みくら》べていると、

「この人。――尾端《おばな》さん」

紹介《しょうかい》された男は、もう一度頭を下げた。どうも、と言って名刺《めいし》を出す。そこには「営繕《えいぜん》かるかや」という文字があった。

「……営繕《えいぜん》？」

尾端は、はい、と笑って、

「お宅《たく》を見せてもらってもいいですか？」

尾端は門から玄関《げんかん》へと至《いた》る狭《せま》い前庭を見廻《みまわ》す。そこから縁側沿《えんがわぞ》いの庭に向かい、生垣《いけがき》を検《あらた》め、その向こうを覗《のぞ》き込《こ》んだ。そのまま庭を一周していく。

所在《しょざい》がなくて、有扶子は千絵と縁側《えんがわ》に腰《こし》を降《お》ろしていた。

「……私《わたし》のせい」と、千絵は声を落とした。「私《わたし》が越《こ》したせいで、次の人が塀《へい》をいじって、それで」

有扶子は首を振《ふ》った。

「違《ちが》う。そんなの、千絵のせいじゃない」

「責任《せきにん》じゃないかもしれない。でも、私《わたし》の決断《けつだん》が事態《じたい》を変えたのは確《たし》か。そのせいで、もし――」

千絵はその先の言葉を呑《の》み込《こ》んだ。

「私《わたし》のせいなんだから、なんとかしなきゃ、って思って」

次の雨の日には、女は有扶子の家に辿《たど》り着《つ》いてしまう。家の中に入ってくるのがその日のうちなのか、あるいはさらに次の雨の日なのかは分からない。いずれにしても、有扶子には誰《だれ》かの助けが必要だ。助けてくれる人を探《さが》していたのだ、と千絵は言った。

「それが……彼《かれ》？」

有扶子は小声で問うた。庭を一周した尾端が戻《もど》ってきたところだった。Tシャツにジーンズ姿《すがた》。どこにでもいそうな若《わか》い男だ。とてもこんな異常《いじょう》事《じ》をどうにかしてくれそうには見えない。

「ほかには見つからなかったの。紹介《しょうかい》してくれた人は、信頼《しんらい》しているようだったけど……」

言ってから、千絵は縁側《えんがわ》へと向かってくる尾端に声をかけた。

「どう？」

「本当に袋小路《ふくろこうじ》なんですね」と、尾端は明るい声で言った。「見事にどこにも行き場がない」

有扶子には、その言葉が「どこにも逃《に》げ場《ば》がない」と言ったように聞こえた。

「現状《げんじょう》は確認《かくにん》できました。どうやら事前にお聞きした通りのようです」

有扶子は訊《き》いた。

「……あの女は何なんでしょう？」

「分かりません」と、尾端は言う。

「女が来ると死人が出るのね？」

「お聞きした限《かぎ》りでは、そのようです。ただ、死人が出るから女が来るのか、それとも女が来るから死人が出るのか、それは分かりません。いずれにしても魔《ま》ではあるんでしょう」

「魔物《まもの》ってこと？」

有扶子はあやうく笑うところだったが、尾端は大真面目に頷《うなず》いた。

「本来、道の突《つ》き当《あ》たりに門戸を作ることは避《さ》けるものなんです」

え、と有扶子たちは声を上げた。

「魔《ま》を呼《よ》び込《こ》むから。路殺《ろさつ》といって、家相のうえでは凶《きょう》とされます。ですから入口は、わざとずらすのが古くからの常識《じょうしき》です。たぶんこの小路《こうじ》でも、昔はそのようにしてあったはずです。道の突《つ》き当《あ》たりに門が来るようになったのは、住人が車を持つようになったからじゃないでしょうか。この道は細いので、道の延長《えんちょう》線上に駐車場《ちゅうしゃじょう》を取ったほうが、車の出入りに都合がいい」

「確《たし》かに……」と、千絵が呟《つぶや》いた。「突《つ》き当《あ》たりに入口がある家は、みんな駐車場《ちゅうしゃじょう》がある……」

尾端は頷《うなず》き、

「女は雨の昼間にしか現《あらわ》れない。そして、たぶん女は真《ま》っ直《す》ぐにしか進めない。これは確《たし》かなことのようです。道を直進し、突《つ》き当《あ》たるとそこで道なりに向きを変える。最終的に辿《たど》り着《つ》くのがこの家の門です。ですから、門をずらせば災厄《さいやく》を避《さ》けられる可能性《かのうせい》が高い。けれどもこちらのお宅《たく》は、ずらす余地《よち》がありません」

有扶子は溜息《ためいき》をついた。

「……逃《に》げられない、ってことですよね。ほかに何か手立てがあります？」

「最善《さいぜん》の選択《せんたく》は、越《こ》されることだと思いますが」

有扶子は黙《だま》って首を横に振《ふ》った。千絵が口を挟《はさ》んだ。

「門の戸を、雨戸みたいな厳重《げんじゅう》な戸にするというのはどうかしら。そうでなきゃ、塀《へい》にぴったり埋《う》め込《こ》んだドアにするとか」

「それは意味がないでしょう。女はたぶん、門戸であれば入ってくる。形状《けいじょう》は関係ないと思います」

有扶子は再《ふたた》び溜息《ためいき》をついた。そもそも、越《こ》して来てはいけなかったのかもしれない。

——そう、一瞬《いっしゅん》だけ思い、内心で頭《かぶり》を振《ふ》った。

死んだ祖母《そぼ》に支《ささ》えられている、と思っていた。その考えを変える気はない。だったら、これは運命のようなものだ。

「……あれはそもそも、何のためにいつから現《あらわ》れるようになったのかしら」

最初から佐伯家が目的だったのだろうか。それとも佐伯家もまた、どこかが門戸を閉《と》ざした結果、災厄《さいやく》を被《こうむ》ることになったのだろうか。

「ほかの通りに現《あらわ》れることはないのかな」

さあ、と千絵は首をひねる。尾端も、

「私《わたし》もそんな話は聞いたことがありません。——そこに一つ、救いがあります」

有扶子は顔を上げ、瞬《まばた》いた。

「救い？」

「巧《うま》くこの袋小路《ふくろこうじ》から出してやればいい、ということになるからです」

有扶子は眼《め》を見開いた。

「あなたは何度もあれに出会っています。なのに実害は受けていない。あれは、家に入ってきさえしなければ災厄《さいやく》をもたらすことはできないのだと思います。だとしたら、この家に入らないようルートを変えてやって、この道から出してしまえば避《さ》けることができます」

「……本当に？　でも、どうやって？」

「門と玄関《げんかん》の間に塀《へい》を作って、女の向きを変えさせましょう。そのままあの——」と、尾端は庭の向こう、生垣《いけがき》のほうを見た。「隣家《りんか》との間にある側溝《そっこう》に導《みちび》く」

「側溝《そっこう》」

「蓋《ふた》があるから、道としての用をなします。ぎりぎりですが、人が通行可能《かのう》なだけの幅《はば》もある。左右、どちらに辿《たど》っても、別の通りに繋《つな》がっている。往来《おうらい》としての道の要件《ようけん》は満たしています」

ただし、と尾端は言った。

「その場合、あれはお宅《たく》の庭を通《とお》り抜《ぬ》けていきます。それだけは辛抱《しんぼう》してもらわなければなりません」

有扶子は両手を握《にぎ》り合わせた。

「……大丈夫《だいじょうぶ》です」

「ひょっとしたら、この先も女はずっと徘徊《はいかい》を繰《く》り返《かえ》すのかもしれません。すると何度も通《とお》り抜《ぬ》けることになる」

「たぶん、大丈夫《だいじょうぶ》です」

通《とお》り抜《ぬ》けるだけなのであれば、それは「いない人」と同じだ。

有扶子が言うと、尾端は笑った。

「では、すぐにかかります」

お願いします、と言いかけて、有扶子は造作《ぞうさく》をしてもらうだけの貯《たくわ》えがないことに、いまさらながら気づいた。

「あの……たいへん申《もう》し訳《わけ》ないんですけど、分割《ぶんかつ》で支払《しはら》いはできるでしょうか」

尾端は首をかしげた。

「人手も材料も、もう確保《かくほ》してありますし、そのぶんのお支払《しはら》いはいただいてます」

言って尾端は千絵を見た。

「そんな……」

言いかけた有扶子に、千絵は首を振《ふ》る。

「言ったでしょう? 私《わたし》が事態《じたい》を変えたの。その意味で、私《わたし》が原因《げんいん》なんだから」

「でも」

千絵は微笑《ほほえ》んだ。

「どうしても気が済《す》まないのなら、いま作ってる椿《つばき》をちょうだい。出品したのが戻《もど》ってきたら、私《わたし》に譲《ゆず》って」

「そんな程度《ていど》のことじゃ」

千絵はもう一度、首を振《ふ》った。

「あとは有扶子が立派《りっぱ》な作家になってくれればいいのよ。——そうすれば家宝《かほう》になるから」

その日、夜までかかって門の内側に垣根《かきね》ができた。それは玄関《げんかん》と門の間を区切り、隣家《りんか》のほうへ折れていく。側溝《そっこう》との間にある生垣《いけがき》は、一部が壊《こわ》され、小さな木戸が付いた。本格的《ほんかくてき》な基礎《きそ》工事をする時間の余裕《よゆう》がないので、視界《しかい》を遮《さえぎ》るほど高い塀《へい》にはできない。それでも垣根《かきね》の途中《とちゅう》にはそこそこの高さがある門柱を立て、低いながらも竹を組んだ門扉《もんぴ》が付いた。表札はその門柱に移《うつ》された。

その二日後が雨だった。家で花弁《かべん》を焼いていた有扶子は、表のほうからチリンという鈴《すず》の音がするのを聞いた。さすがに生きた心地《ここち》がしなかったが、とっぷりと陽《ひ》が暮《く》れても玄《げん》関《かん》を訪《おとな》う者はいなかった。

ようやく安堵《あんど》し、作品作りに集中した。数日を経《へ》て、やっとのことでイメージ通りの絞《しぼ》りを表現《ひょうげん》できるようになった頃《ころ》、再《ふたた》びチリンと澄《す》んだ鈴《すず》の音を聞いた。気がつくと、雨が降《ふ》っていた。

有扶子は手を止めて縁側《えんがわ》に出る。窓《まど》の向こうには雨に打たれる庭が見え、庭を区切った垣根《かきね》が見えた。その垣根《かきね》の向こうを、黒衣の女が歩いていた。新たに設《しつら》えた門の少し先で、黒い影《かげ》が悄然《しょうぜん》と俯《うつむ》いている。

――恐《おそ》ろしいもののはずなのに、やはり悲しげに見えるのはなぜだろう。

黒衣には銀色に雨粒《あまつぶ》が散っていた。斜《なな》め後《うし》ろから見る項《うなじ》の白さが美しかった。

それは次の雨の日、裏木戸《うらきど》から家を出て、隣家《りんか》の塀《へい》の前に佇《たたず》んでいた。さらに次の雨の日、寂《さび》しげな鈴《すず》の音が聞こえた。家の中からは、女の姿《すがた》は見えなかった。

鈴《すず》の音は遠ざかっていくようだった。

――どちらへ向かったかは、有扶子も知らない。

ミミ

小《こ》池《いけ》真《ま》理《り》子《こ》

チャイムの音がしたので、玄関《げんかん》に出てみると、小さな女の子を連れた老婦人《ろうふじん》が立っていた。外はもう、とっぷりと暮《く》れており、灯《とも》したばかりの玄関《げんかん》の黄色い明りが、闇《やみ》を四角く切り取っているように見えた。

老婦人《ろうふじん》は片手《かたて》で女の子の肩《かた》を抱《だ》きながら、深々と頭を下げた。「先日、お電話した二丁目の市村《いちむら》でございます。ご挨拶《あいさつ》に、と思って伺《うかが》ったのですが、こんな時間によろしかったでしょうか」

やっぱり、とわたしは思った。目の前の老婦人《ろうふじん》は、市村里枝《さとえ》さんに違《ちが》いなかった。

里枝さんはわたしのことをよく知らない。でも、わたしは里枝さんのことをよく知っている。何年も前から、買物の行き帰りや外出の途中《とちゅう》に、わたしは〝市村三郎《さぶろう》・里枝〟と書かれた表札の家の前を通《とお》り過《す》ぎながら暮《く》らしてきた。

わたしの家から駅前商店街に向かう途中《とちゅう》の二丁目の角地。小さな三角形の土地に建てられた、小さな古い木造《もくぞう》の二階建て。灰色《はいいろ》のコンクリートブロックの塀《へい》に沿《そ》って、数えきれないほどの小さな鉢植《はちう》えやプランターが並《なら》んでいる。

市村さん夫妻《ふさい》は花を育てる名人だった。鉢植《はちう》えやプランターの中では、季節の花がいつもたわわに咲《さ》き誇《ほこ》っていて、そのあまりの美しさに、思わず足を止めて見とれてしまったことも何度かある。

塀《へい》の真ん中には、庭から直接《ちょくせつ》、道路に出るための木戸がついていた。木戸はしょっちゅう開け放されたままになっていたから、庭の中がよく見えた。畳《たたみ》三枚《まい》分あるかないかの、庭とも呼《よ》べないような小さな三角形の空間に、足の踏《ふ》み場《ば》もないほどたくさんの樹木《じゅもく》が植えられている。夏ともなると、木もれ日が縁先《えんさき》に涼《すず》しげな影《かげ》を落とし、冬場には野鳥がやって来るのか、木々の幹《みき》には餌台《えさだい》が取りつけられる。そこに毎日、日替《ひが》わりメニューのように、薄《うす》く切ったリンゴやら、ミカンやら、菓子《かし》パンの屑《くず》などが載《の》せられているのが微笑《ほほえ》ましかった。

時折、家の外に出て来て、如雨露《じょうろ》で鉢植《はちう》えに水をやっている里枝さんを見かけた。小粋《こいき》なハンチングをかぶって、自転車でどこかに出かけていく市村三郎さんを見かけることもあった。玄関前《げんかんまえ》に乗用車が停《と》まっていて、開け放された家の窓《まど》から、孫とおぼしき子供《こども》の賑《にぎ》やかな笑い声がもれていることもあった。ふだんは老夫婦《ろうふうふ》ふたりきりの生活のようだったが、傍目《はため》にも羨《うらや》ましいほど夫婦《ふうふ》は楽しげに、ゆったりと暮《く》らしていて、彼《かれ》らの家ですくすく育っている花や木や鉢植《はちう》えは、彼《かれ》らの幸福と健康の証《あかし》であるように思えた。

だが、その市村さんの家では、昨年の冬に大きな不幸があった。所用があって出かけ、帰りが夜になってしまった時のこと。いつものように市村さんの家の前を通りかかったところ、市村さんの家のまわりだけが妙《みょう》に明るく、ざわざわと人の気配がしていた。塀《へい》一面に黒白の縞模様《しまもよう》の幕《まく》が張《は》られており、家の中で通夜《つや》が行われていることはすぐにわかった。

焼香《しょうこう》を終えて、外に出て来た近所の主婦《しゅふ》らしき中年の女がいた。わたしは女に近づき、どなたが亡《な》くなったんでしょうか、と聞いてみた。

女は、「それがねえ」と言って声をひそめた。「ここのおばあちゃんのご主人と息子《むすこ》さん夫婦《ふうふ》とお孫さんが、いっぺんに自動車事故《じこ》で亡《な》くなったんですよ」

そして、初対面なのに馴《な》れ馴《な》れしい、おもねるような仕草でわたしに身体をすり寄《よ》せてくると、女は、まったく怖《こわ》いわねえ、一寸先《いっすんさき》は闇《やみ》だわねえ、と気味が悪いほど低い声で囁《ささや》いた。

一人残された市村里枝さんは、痩《や》せ細《ほそ》り、見るも気の毒な様子だった。鉢植《はちう》えの手入れもされなくなり、花が咲《さ》く季節になっても、市村さんの家のまわりには、枯《か》れた花で埋《う》もれている埃《ほこり》だらけのプランターが投げ出されたままになっていた。

それでも、五ケ月たち、半年が過《す》ぎるうちに、少しずつ家はまた元通りになっていった。塀《へい》の外には新しく育て始めたらしい、いくつもの植木鉢《うえきばち》が並《なら》べられた。庭木もまた、一斉《いっせい》に花を咲《さ》かせるようになった。如雨露《じょうろ》で水をやりに外に出てくる、かっぽう着《ぎ》姿《すがた》の里枝さんの姿《すがた》も時々、見かけるようになった。

その里枝さんから、電話がかかってきたのは三日前のことになる。両親を事故《じこ》で亡《な》くした孫を一人、引き取ったのだが、孫がどうしてもピアノを習いたいと言っている、自宅《じたく》にピアノも用意した、週に一度、レッスンを受けさせたいのだが、あいにく知っているピアノ教師《きょうし》は遠方に住んでいて、小学二年生になったばかりの孫を通わせるには遠すぎる、困《こま》っていたところ、散歩の途中《とちゅう》でお宅《たく》の門に「ピアノおしえます」という看板《かんばん》を見つけた、お顔も存《ぞん》じ上《あ》げないというのに、はなはだ不躾《ぶしつけ》なお願いではあるが、いかがなものか……

そういう話だった。

交通事故《じこ》で夫と息子夫婦《むすこふうふ》と孫を一度に失ってしまった市村里枝さんにもたった一人、肉親が残されていたらしい。市村さんの家が次第《しだい》に元通りになり、草花が活気づいて、以前のようにすくすく育つようになったのも、そのお孫さんと暮《く》らすようになったからなのだろう、とわたしは思った。

だが、里枝さんにはわたしが里枝さんの家をよく知っている、という話はしなかった。初めて電話をした相手が、いきなり自分の家のことを誰《だれ》よりもよく知っているような口振《くちぶ》りで話をし始めたら、誰《だれ》だってあまりいい気持ちはしないだろう。たとえそれが、鉢植《はちう》えの花に関する話であったとしても、だ。

わたしの家を訪《たず》ねて来た里枝さんは、淡《あわ》い藤色《ふじいろ》の着物を着て、お太鼓《たいこ》に結んだ帯も清々《すがすが》しく、うっすらと口紅《くちべに》までさしていて、ふだん見かける里枝さんとは似《に》ても似《に》つかないよそゆきの顔をしていたが、それでもやっぱりそれは里枝さんだった。女の子はおどおどした目でわたしを見上げると、はにかんだように里枝さんの後ろに隠《かく》れた。

里枝さんは苦笑《くしょう》しながら、「恥《は》ずかしがり屋《や》で困《こま》ります」と言って女の子を抱《だ》き寄《よ》せた。

女の子はすがるようにして、里枝さんの腰《こし》のあたりに顔を押《お》しつけた。

わたしは二人を家の中に通した。ピアノ室の隣《となり》には縁側《えんがわ》に面した和室があり、ピアノを習いに来る生徒たちのために古い応接《おうせつ》セットを並《なら》べてある。その和室に案内し、里枝さんと女の子にソファーに腰《こし》をおろすよう勧《すす》めると、わたしは急いで台所に立った。

七月初めの蒸《む》し暑《あつ》い晩《ばん》だった。里枝さんのために熱いお茶をいれようとしかけたのだが、こんな日は冷たいもののほうが喜ばれると思い直した。わたしは冷蔵庫《れいぞうこ》を開けてカルピスを取り出し、三つのグラスに等分に注ぎ入れた。

盆《ぼん》を手に部屋に戻《もど》ると、里枝さんは恐縮《きょうしゅく》したように飲み物の礼を言い、わたしが住んでいる家と庭をひとしきり褒《ほ》めたたえた。

古いばかりで、何の手入れもできません、とわたしは言った。「せめて家族がいれば別なんですけれども、わたし一人ではどうしても手に余《あま》ってしまいまして」

「では、先生はこの広いお宅《たく》にお一人で？」

「はい。一緒《いっしょ》に住んでいた両親を亡《な》くしてしまったものですから」

亡《な》くしたのは両親だけではなかった。婚約者《こんやくしゃ》も一緒《いっしょ》に亡《な》くしてしまったのだが、そのことは里枝さんには言わなかった。

まあ、そうでしたの、と里枝さんは言い、何か熱いものでも頰《ほお》ばったかのように口をすぼめながら、隣《となり》に座《すわ》っている女の子の頭を撫《な》でた。「この子の両親もいっぺんに亡《な》くなったんでございますよ。この子の父親はわたしの息子《むすこ》でしたんですが、去年のお正月休みの最後の日に、息子夫婦《むすこふうふ》が孫を連れて車でわたしどもの家にやって来ましてね。これからみんなで初詣《はつもうで》に行こう、と言い出しまして。出かけた先で、息子《むすこ》が運転していた車が暴走《ぼうそう》してきたダンプカーと正面衝突《しょうとつ》して……。この子は両親ばかりか、お姉ちゃんとおじいちゃんまで亡《な》くしてしまって……」

わたしは黙《だま》って聞いていた。祖母《そぼ》の話が深刻《しんこく》なものになってしまったためだろう。女の子は曇《くも》った目をわたしに投げた。端整《たんせい》な顔立ちだが、どこか脆弱《ぜいじゃく》な感じのする子だった。赤いジャンパースカートに白の半袖《はんそで》シャツ。鮮《あざ》やかな色合いの服装《ふくそう》をしているわりには、顔に翳《かげ》りが感じられる。おかっぱに切りそろえた髪《かみ》の毛《け》を長く伸《の》ばし、前髪《まえがみ》で眉《まゆ》を隠《かく》しているからからかもしれない。

「この子だけが助かったんです」里枝さんは、わずかに洟《はな》をすすりあげながら続けた。

「その日、この子はちょうど風邪《かぜ》をひいていて、少し熱っぽかったものですから、わたしが初詣《はつもうで》に行くのをやめさせたんですよ。わたしがこの子を生かしてやったことになるとはいえ、この子のことがあまりにも不憫《ふびん》でなりませんの。もうこの年ですから、いつまで面《めん》倒《どう》をみてやれるのやら、わかりませんし、せめてこの子が好きなピアノを両親が元気だったころと同じように、きちんと習わせてやりたいと、そう思いましてねえ」

わかります、とわたしは言った。湿《しめ》った夜風が吹《ふ》いてきて、縁先《えんさき》に吊《つ》るした風鈴《ふうりん》が、ちりんと鳴った。

「ああ、ごめんなさい。先生とは初対面だというのに、こんなお話ばかり」里枝さんは痛々《いたいた》しく微笑《ほほえ》んで、目尻《めじり》を一撫《な》でした。「ご挨拶《あいさつ》が遅《おく》れました。この子が孫のミミですの。三美と書きます。さあ、ミミ。先生にご挨拶《あいさつ》は?」

ミミと呼《よ》ばれた女の子はソファーから降《お》りると、

「こんばんは」と言って頭を下げた。

「よろしくね、ミミちゃん」わたしは笑顔《えがお》で応《こた》えた。ミミはわたしの顔を見て、初めてにっこりと微笑《ほほえ》んだ。微笑《ほほえ》むと、表情《ひょうじょう》のこわばりがほぐれ、翳《かげ》りが遠のき、ミミの顔に光がさしたようになった。

「先生もね、ミミちゃんとおんなじなのよ」言うつもりはなかったのだが、可愛《かわい》い気の毒なミミを見ていると、ついそんなセリフが口をついて出た。「先生のお父さんとお母さんも、交通事故《じこ》で亡《な》くなったの。でも、先生は負けなかったのよ。ミミちゃんも負けないでね。これから先生と二人でピアノのレッスン、頑張《がんば》りましょうね」

ミミは目を瞬《まばた》かせてじっとわたしを見ていたが、やがてふっと空気が抜《ぬ》けるような笑い声とも溜《た》め息《いき》ともつかない音を口から発しながら、うん、と小さくうなずいた。

まあ、ほんとに、と傍《そば》で里枝さんは喉《のど》を詰《つ》まらせながら言った。「そうだったんですの。これも何かの不思議なご縁《えん》ですのね。ほんとに不思議です。お散歩の途中《とちゅう》で、こちらの門の外に出ていた看板《かんばん》を拝見《はいけん》して、ご連絡《れんらく》さしあげただけですのに。先生もミミと同じ境遇《きょうぐう》におありだったとは……」

里枝さんは、不思議だ、不思議だ、と何度も繰《く》り返《かえ》した。

また風鈴《ふうりん》が鳴った。いつもよりも部屋の電灯が暗いように思われ、わたしは天井《てんじょう》を見上げたのだが、蛍光灯《けいこうとう》は替《か》えたばかりで真新しく、黒ずんでいるようにも見えない。それなのに、どこかしら明るさが足りず、部屋の四隅《よすみ》にさっきから仄暗《ほのぐら》い影《かげ》が、背《せ》を丸めて張《は》りついているような感じがして、落ち着かなかった。

わたしが生徒にピアノを教えるのは、月曜水曜金曜の、週に三回と決めている。何曜日が都合がいいのか、里枝さんに訊《たず》ねると、里枝さんはミミが事故《じこ》のショックですっかり人見知りするようになっているので、他の生徒がいない時にお願いできれば、と言ってきた。

「では、火曜日か木曜日か、ということになりますけど」

「いえ、それでは先生のレッスン日を変えてしまうことになりますでしょう。そんなことをしていただくわけにはまいりません。通常《つうじょう》通りのレッスン日の、他の生徒さんがお帰りになった後にお願いできれば、一番、ありがたいのですが」

「それでは夜になってしまいますが」

「夜でもかまいませんのです」里枝さんはミミをいとおしそうに見つめながら言った。

「先生が夜でもよろしければ、先生のご都合のよろしい時間に、わたしが毎回、この子の送《おく》り迎《むか》えをいたします、はい」

「わたしのほうはそれでかまいませんが、あんまり夜遅《よるおそ》いと、ミミちゃんが眠《ねむ》くなってしまうのではないかしら」

里枝さんが、それでは毎週金曜日の午後七時半からでいかがでしょうか、と言ってきたので、それならば、とわたしも承諾《しょうだく》した。その時間であれば、他の生徒たちを帰した後でわたしが夕食をとる余裕《よゆう》もあるし、第一、ミミも眠《ねむ》くならずにすむだろう、と思ったからである。

それから二十分ほど、あたりさわりのない世間話をし、里枝さんはミミを連れて帰って行った。

その晩《ばん》の闇《やみ》は、ふだんよりも色濃《いろこ》いように思われた。そのせいか、玄関先《げんかんさき》まで見送りに出た私《わたし》に向かって、ミミがいつまでも飽《あ》きずに振《ふ》り続ける手の白さばかりが浮《う》き上《あ》がって見え、何か得体の知れないものがわたしを手招《てまね》きしているように感じられた。

二人を見送ってから玄関《げんかん》に鍵《かぎ》をかけて部屋に戻《もど》ると、閉《し》めておいたはずのピアノの蓋《ふた》が開いているのに気づいた。知らない間にミミが開けたのだろうか、と思った。それにしては変だ、ミミはピアノ室には行かなかったはずなのに、と思いながら、蓋《ふた》を戻《もど》した時、突《とっ》風《ぷう》でも吹《ふ》きつけたのか、縁先《えんさき》で風鈴《ふうりん》がちりりと烈《はげ》しく鳴り出し、どういうわけか、わたしは背中《せなか》が冷たくなるような思いにとらわれた。

わたしはミミと似《に》たような形で両親と婚約者《こんやくしゃ》を失っている。五年前、正式に婚約《こんやく》を交《か》わしたばかりの男が、わたしと両親とを温泉《おんせん》に招待《しょうたい》したい、と言い出した。福島《ふくしま》のほうにある温泉《おんせん》旅館を予約し、週末にかけて四人でのんびりしてこないか、という話だった。

婚約者《こんやくしゃ》はわたしの学生時代からつきあいのある男で、両親も彼《かれ》のことを心から好いていた。温泉《おんせん》旅行の話はすぐにまとまり、あとは出発を待つばかりとなった。

だが、出発の前日になって、わたしは風邪《かぜ》で高熱を出し、寝込《ねこ》んでしまった。せっかく楽しみにしていたのに、延期《えんき》にしてしまってはご両親が気の毒だ、と婚約者《こんやくしゃ》は言った。わたしもそう思ったので、遠慮《えんりょ》する両親を半ば強引《ごういん》に彼《かれ》の車に乗せ、三人で楽しんでいらっしゃい、と言って送り出した。

事故《じこ》はその温泉《おんせん》旅行の帰り道に起こった。居眠《いねむ》り運転のトラックが、高速道路を走行中の婚約者《こんやくしゃ》の車に突《つ》っこんで来たのだった。三人とも即死《そくし》だった。

あまりの出来事に、一時は死ぬことも考えた。あの時、風邪《かぜ》さえ引かなければ、いや、風邪《かぜ》をひいていたとしても、婚約者《こんやくしゃ》に温泉《おんせん》旅館の予約を取り消してもらいさえすれば……と何度、悔《く》やんだことだろう。

両親が残してくれた家や保険金《ほけんきん》で、日々の暮《く》らしには困《こま》らなかった。それどころか、皮肉なことに、一生、働かなくても、食べていけるだけの財産《ざいさん》がわたしの手元に残された。問題は、生きていく手段《しゅだん》ではなく、失ってしまった生きる目的をどうやって取《と》り戻《もど》すか、ということだった。

考えたあげく、わたしは「ピアノおしえます」と書いた看板《かんばん》を門に掲《かか》げた。小学校から大学を卒業するまで習い続け、ずっと熱中してきたピアノだけが、人様に披露《ひろう》して恥《は》ずかしくない、わたしの唯一《ゆいいつ》の特技《とくぎ》だった。音楽大学を卒業しているわけではないので、上級クラスのレッスンを引き受けることはできない。だから、看板《かんばん》には「初級に限《かぎ》ります」と但《ただ》し書《が》きをつけた。

看板《かんばん》を見て、次から次へと母親に連れられた生徒たちがやって来た。見栄《みえ》で子供《こども》にピアノを習わせているだけの母親たちは、わたしがピアノ教師《きょうし》として充分《じゅうぶん》な資格《しかく》を持っていないことを知っても、一切《いっさい》、文句《もんく》は言わなかった。代わりに、生徒がピアノに飽《あ》きてくると、あっさり「やめます」と子連れで挨拶《あいさつ》に来て、玄関先《げんかんさき》に菓子折《かしお》りなどを置いて帰って行く。一人がやめると、何日かたつうちに、また別の一人がやって来た。生徒の数は常時《じょうじ》、増《ふ》えもしないが、減《へ》りもしなかった。

たまには、生徒を迎《むか》えに来た母親とお茶など飲みながら世間話を交《か》わすこともあったが、深いつきあいにはなれなかった。彼女《かのじょ》たちには夫があり、子供《こども》がいて、家庭があった。わたしは相変わらず孤独《こどく》だった。レッスンのない日は、日がな一日、誰《だれ》とも喋《しゃべ》らずに、家にひきこもっていることも珍《めずら》しくなかった。

駅前のスーパーに買物に行き、帰ってから食事の支度《したく》をし、一人で面白《おもしろ》くもないTVを見ながら食事をすませる。空《あ》いている時間のほとんどは、ピアノをひいたり、本を読んだり、家の中の手入れをしたりして過《す》ごした。

だが、家は一人で暮《く》らすには広すぎ、まして鬱蒼《うっそう》と生《お》い茂《しげ》った木々や雑草《ざっそう》が折り重なっている庭にまでは、なかなか手が回らなかった。それならばパートタイムの家政婦《かせいふ》や造園《ぞうえん》屋《や》を雇《やと》えばいい、とも思うのだが、知らない人間を家の中に入れるのはどうしても気が進まず、電話帳を開いてしかるべき業者を探《さが》そうとしても、必ず途中《とちゅう》でいやになってしまう。

そのせいで家も庭も、いつもどこか中途半端《ちゅうとはんぱ》に汚《よご》れていて、落ち着ける部屋も少なかった。ピアノ室といつも使っている居間《いま》、寝室《しんしつ》以外は、いつのまにかうっすらと降り積《ふつ》もった埃《ほこり》に埋《う》もれ、雨戸を開けて空気の入《い》れ換《か》えをすることすら面倒《めんどう》になり、そうこうするうちに〝開かずの部屋〟は年を経《へ》るごとに増《ふ》えていく。閉《し》めきった部屋の埃《ほこり》と黴《かび》くさい臭《にお》いは、わたしの人生の象徴《しょうちょう》であった。

わたしは生きていくための目的を再《ふたた》び見失いかけていたようだ。だからこそ、ミミと短期間のうちに、仲良くなれたのかもしれない。ミミを素早《すばや》く受け入れることができたのは、わたしが心のどこかで、自分と同じ境遇《きょうぐう》の哀《あわ》れな人間を求め、互《たが》いに傷《きず》を舐《な》め合って生きていきたい、と強く望んでいたからかもしれない。

ミミは毎週金曜日の夜、里枝さんに連れられてわたしの家に通って来るようになった。両親が元気だったころ、自らピアノを習いたいとせがみ、熱心にレッスンを受けていたというだけあって、初級レベルながら、ミミのピアノの腕前《うでまえ》は確《たし》かだった。そのうえ、上達の早さは驚《おどろ》くほどで、一度教えた奏法《そうほう》は決して忘《わす》れず、家で何度も練習しているせいかミスタッチも少なくて、その小さなふっくらとした手が、自在《じざい》に鍵盤《けんばん》の上を泳ぎまわる様は、教える側を惚《ほ》れ惚《ぼ》れさせるほどであった。

たいてい七時二十五分きっかりにやって来て、七時半にはもう、ピアノの前に座《すわ》ってわたしを待っている。里枝さんはミミのレッスンが終わるまで、ピアノ室の隣《となり》の部屋のソファーに浅く腰《こし》をおろしたまま、ミミの奏《かな》でる旋律《せんりつ》にじっと耳を傾《かたむ》けている。

レッスンは他の生徒と同様、いつも一時間ほどで終了《しゅうりょう》した。ミミの帰り支度《じたく》を手伝っている里枝さんに向かって、お茶でも召《め》し上《あ》がっていきませんか、と誘《さそ》ってみたこともたびたびあった。だが、里枝さんはいつもやんわりと「もう遅《おそ》いですから」と言って断《ことわ》り、ミミと手をつなぎながらひっそりと闇《やみ》の中を帰って行った。

それでも、ミミは次第《しだい》にわたしになついてくれるようになった。もともと口数が少なく、あまり笑わない子ではあったが、少しずつミミの気持ちがほぐれていくのは手に取るようにわかった。

多分、わたしの教え方がミミの好みに合っていたせいだと思うが、そればかりではない。わたしの孤独《こどく》がミミに伝わり、ミミの孤独《こどく》がわたしに伝わったせいだろう。そのうちミミはレッスンを終えると、「先生、今日は何か、先生の好きな曲をひいてみて」と無邪気《むじゃき》に頼《たの》んでくるようになった。

　ミミの前でわたしがピアノをひき始めると、ミミは真剣《しんけん》な眼差《まなざ》しでわたしの指を見つめてくる。演奏《えんそう》を終えた時に、心から驚《おどろ》き、感動している様子のミミから「うわあ、先生、すごい」などと言われると、わたしは年甲斐《としがい》もなく誇《ほこ》らしいような気持ちになった。

　わたしのひく曲の中で、ミミがもっとも気にいってくれたのは、ショパンの『小犬のワルツ』だった。ねえ、ミミちゃん、目をつぶってよく聴《き》いてみて、ころころと太った小犬がじゃれあって遊んでいるみたいな曲でしょう？……わたしがそう言いながらひいてやったせいだろう。ミミはわたしのピアノを聴《き》きながら目を閉《と》じ、「ほんとだ、ほんとだ、そう聞こえる」とはしゃいで、ミミらしくもなく大騒《おおさわ》ぎを始め、「おばあちゃん、おばあちゃんもそう聞こえるでしょ？　小犬がたくさん、遊んでいるみたいに聞こえるでしょ？」と言いながら隣室《りんしつ》に駆《か》けこんで行って、里枝さんの膝《ひざ》を強く揺《ゆ》すり、同意を求めたりした。

　そのたびに、「まあ、ほんとに。可愛《かわい》いワンちゃんがたくさん遊んでるみたいだわねえ」

と微笑《ほほえ》みながらうなずいている様子の里枝さんの気配が伝わってくる。だが、わたしが曲をひき終えた後も、ずっとミミの頭を撫《な》で続けている里枝さんの目には何故《なぜ》か、いつも涙《なみだ》が光っていて、わたしはそんな里枝さんを見るのが辛《つら》かった。

ミミがわたしになつくに従《したが》って、里枝さんもまた、わたしに親しく接《せっ》してくれるようになった。死んだ夫が、丹精《たんせい》こめて育てていた紫陽花《あじさい》が今年もまた咲《さ》きましたので、と言い、たわわに花をつけた紫陽花《あじさい》の切り花を持って来てくれたり、食べきれないほどたくさんの手製《てせい》のおはぎを持って来てくれたりした。

相変わらずレッスンの後にお茶を飲んでいくようなことはなかったが、それでも玄関先《げんかんさき》で名残《なご》り惜《お》しげに立ち話をしていくこともあり、そんな時は、わたしのほうでも何やらひどく二人を帰すのが寂《さび》しくなって、思わずミミの手をとり、「今夜はおばあちゃんも一緒《いっしょ》に、先生のところに泊《と》まっていかない?」と言ってしまいそうになる。

そういう日に限《かぎ》って、しのつくような雨が降《ふ》っているのが不思議だった。レインコート姿《すがた》のミミが、里枝さんのさしかける雨傘《あまがさ》の中におさまりながら、バイバイ、とわたしに手を振《ふ》る姿《すがた》が遠ざかっていくのを見ているうちに、ふいに涙《なみだ》がこみあげてくる。

水っぽくぼやけた視界《しかい》の中に、ミミの姿《すがた》がうるんでいき、はっと気がつくと、わたしの目には闇《やみ》しか映《うつ》っていない。そうなるとますます寂《さび》しさがこみあげてきて、急いで家の中に駆《か》け戻《もど》り、せめてミミと里枝さんのぬくもりを探《さが》そうと、ピアノ室と隣《となり》の和室を行ったり来たりしてみるのだが、ついさっきまで二人がいたにもかかわらず、部屋には人がいたようなぬくもりなど一切《いっさい》、感じられない。ただ、庭木を打つ雨の音が聞こえてくるばかりである。

そんな時、電灯に照らされて畳《たたみ》に映《うつ》し出《だ》される自分の影《かげ》は、墨《すみ》でも流したように黒々としていて、じっと見つめていると、足元から不吉《ふきつ》な気配がもぞもぞと這《は》い上《あ》がってくるようであった。

ミミがわたしのところに通い出してから半年ほどたった冬のこと。いつもレッスンに通って来ている生徒の母親が、暗くなってしまったから、と言って生徒を迎《むか》えに来て、玄関《げんかん》先《さき》でわたしに挨拶《あいさつ》をした。今にも雪が降《ふ》り出しそうな天気で、外にいた生徒は寒そうに足《あし》踏《ぶ》みしながら、母親の挨拶《あいさつ》が終わるのを待っていた。

「そういえば、先生。いつか、お願いしてみようと思ってたことがあるんですけども」と、その母親は愛想《あいそ》よく言った。人にものを頼《たの》む時に、いつもそうしてきたのか、とっておきの笑顔《えがお》で顔を近づけてきたものだから、彼女《かのじょ》が首に巻《ま》いていた古びたウサギの襟巻《えりま》きの毛が、わたしの頰《ほお》をくすぐるほどだった。「先生はお年寄《としよ》りにもピアノを教えてくださいますよね」

「お年寄《としよ》り？」とわたしは聞き返した。

「ほら、二丁目の市村さんのおばあちゃまですよ。先だって、いつだったか、二、三度、たて続けに、夜になって先生のお宅《たく》から出てらしたおばあちゃまをお見かけしたんですよ。ああ、先生はお年寄《としよ》りにもピアノを教えてらっしゃるんだな、って。いえね、わたし、今、ちょっと地区の役員をしてるもんですから、最近、夜に出かけることが多くなって、それでお見かけしただけなんですけどもね。もしもですよ、先生がよろしければ、ひとつ、うちの姑《しゅうとめ》にも習わせてみようかと思いましてね。指は動かないだろうけど、ほら、楽器演《えん》奏《そう》っていうのは楽しいし、ボケ防止《ぼうし》にもなりますからね。主人に相談してみたら、そいつはいい、ってことになって……」

はあ、とわたしは言った。「でも、わたしがお教えしているのは、市村さんではなくて、市村さんのお孫さんなんですよ」

「お孫さん？」

「ええ、交通事故《じこ》でご両親とお姉ちゃんとおじいちゃんまで、いっぺんに亡《な》くしてしまった女の子なんです。市村さんのおばあちゃまが引き取ったお孫さんなんですけど、ショックのせいで人見知りがはげしいから、他の生徒さんが帰った後に、レッスンを受けさせてほしい、って、市村さんから特別に頼《たの》まれまして……」

変だわねえ、と彼女《かのじょ》は首を傾《かし》げた。

「市村さんのおばあちゃまには、お孫さんは一人しかいなかったはずですよ。息子《むすこ》さん夫婦《ふう》《ふ》の一粒種《ひとつぶだね》で、確《たし》か小学校に入ったか入らないかぐらいの小さな女の子ですよ。あのむごたらしい事故《じこ》があった時は、町内の噂《うわさ》になりましたものね。ほんとにいっぺんに身内を全員、亡《な》くされたんだもの。市村さんのおばあちゃまもかわいそうに、ってみんなで言ってましたんですよ」

ママ、と外にいた生徒が母親を呼《よ》んだ。「早く行こうよ。お腹《なか》すいたよ」

はいはい、と彼女《かのじょ》は後ろを振《ふ》り返《かえ》りもせずに言い、さらにわたしに顔を近づけてきた。

「だったら、市村さんのおばあちゃまには、もう一人、お孫さんがいらしたのね。そうでしょう？　先生」

ええ、多分、とわたしは言い、なんだか息苦しくなったので、女から身を離《はな》した。

「でも、わたしがお見かけした時は」と彼女《かのじょ》は言い、ふいにウサギの襟巻《えりま》きの中に口を埋《う》めた。声がくぐもって、壊《こわ》れたラジオから出てくる音のように聞こえた。「いつも市村さんのおばあちゃまは一人だったですけどね」

わたしは外にいる生徒のほうに視線《しせん》を投げながら、彼女《かのじょ》の言葉を聞かなかったふりをした。いずれにしても、とわたしは言った。「お年寄《としよ》りにピアノをお教えするのは無理だと思います。もう指が固くなってしまわれてますから」

残念だわ、と彼女《かのじょ》はそっけなく言い、思い出したようにぶるっと身を震《ふる》わせると、おお、寒い、なんだか今日は底冷えがする、とつぶやきながら、何か気味の悪いものでも見るような目でわたしを見た。「本当に変だわね、先生。わたしがお見かけした時、先生のお宅《たく》から出てらしたのは市村さんのおばあちゃまだけだったんですよ。お孫さんの姿《すがた》なんて、全然、見えなかったんですよ」

そうでしょうか、とわたしは言った。言いながら、知らず知らずのうちに、口元がほころんでいくのがわかった。まるで見えない糸に唇《くちびる》の端《はし》を引《ひ》っ張《ぱ》られているような感じだった。

ウサギの襟巻《えりま》きをした女は、無言のまま、そそくさと逃《に》げるようにして生徒を連れて帰って行った。

ミミが異形《いぎょう》のものであることを知らされても、わたしは別に驚《おどろ》かなかった。初めて会った時から、多分、見当がついていたように思う。ミミが生きた人間ではないということは、わたしの中にある特殊《とくしゅ》な能力《のうりょく》がキャッチしていた。それを認《みと》めてしまうのが怖《こわ》かっただけなのである。

一旦《いったん》、認《みと》めてしまうと気持ちが楽になった。夜になってから里枝さんに手を引かれてやって来る、この世のものではない小さな女の子は、ピアノを習うことが大好きだった。自分はそんなミミにピアノを教えてやるために、里枝さんから選ばれた唯一《ゆいいつ》の人間だったのだ、と思うと誇《ほこ》らしくもあった。

　里枝さんはミミには姉がいて、事故《じこ》で死んだのはその姉のほうだったのだ、とわたしに嘘《うそ》を言ったが、里枝さんの嘘《うそ》はわたしの胸《むね》に深くしみた。そうでも言わなければ、死んだ子供《こども》にピアノを教えてくれる人間など、里枝さんでなくても永遠《えいえん》に見つけることができなかったに違《ちが》いない。

　ミミの気持ちの無念さを思うたびに、わたしはその哀《あわ》れさに言葉を失う。さぞかし、この世でやりたいことがたくさんあっただろう。遊びたいことが、行ってみたい場所がたくさんあったことだろう。学びたいことがたくさんあったことだろう。

　わたしにできることは一つしかなかった。週に一度、一時間だけ、ミミに気持ちをこめてピアノを教えてやること……。ピアノを習っている時のミミは、本当に幸せそうだった。隣《となり》の部屋で、耳を傾《かたむ》けて聴《き》いている里枝さんも幸せそうだった。寂《さび》しい祖母《そぼ》と孫とが、これほど幸せそうな顔をしてくれるのであれば、ミミにピアノを教えてやることに自分の全人生を費《つい》やしてしまってもかまわない、とすらわたしは思った。

　ただ、困《こま》ったことが一つ、もちあがった。時間がたつにつれて、ミミの姿《すがた》にグロテスクな変化がみとめられるようになったのだ。

熱心に鍵盤《けんばん》を叩《たた》いているミミの胴体《どうたい》が、時折、ふいに見えなくなり、首だけが宙《ちゅう》に浮《う》いてしまう。演奏《えんそう》に熱中するあまり、本人もそのことに気づいていないのか、首だけの姿《すがた》でわたしに笑いかけ、喋《しゃべ》ってくることもあって、そんな時は、さすがにこちらも戸惑《とまど》った。

助けを求めるつもりで里枝さんのほうを振《ふ》り向《む》くのだが、里枝さんは、どうしようもないのですよ、と言いたげな、今にも泣き出しそうな顔をしてわたしとミミとを見つめるばかりである。

仕方なくわたしは、ミミの胴体《どうたい》が見えなくなっていることを忘《わす》れる努力をする。そのうち、知らず知らずのうちに消えていた胴体《どうたい》が甦《よみがえ》る。そしてミミは、何事もなかったような無邪気《むじゃき》な声で「先生」と言うのだ。「『小犬のワルツ』、また聴《き》きたいな」と。

そのたびにわたしは何度でも、ミミの気のすむまで、『小犬のワルツ』をひいてやった。ミミは笑う。はしゃぐ。うっとりする。うっとりしながら、隣室《りんしつ》に行き、里枝さんの膝《ひざ》を枕《まくら》代わりにソファーの上でくつろぎ始める。

わたしの演奏《えんそう》が終わっても、ミミはその姿勢《しせい》を崩《くず》さない。そんな時のミミの目が、黒い大きな空洞《くうどう》になってしまっているのをわたしは何度も見た。空洞《くうどう》の奥《おく》には何もなかった。

墨《すみ》のように黒い密《ひそ》かな闇《やみ》が流れているだけで、じきに里枝さんもそのことに気づく。わたしと里枝さんは目を見合わせ、互《たが》いに気づかなかったふりをして視線《しせん》をそらすのだが、再《ふたた》び目を転じてミミを見ると、やはりミミの両眼《りょうがん》は黒い空洞《くうどう》になっていて、そのやりきれなさにわたしのほうが泣きたくなってしまうのだった。

初めて里枝さんがミミを連れてわたしの家を訪《たず》ねて来てから、またたく間に一年の歳月《さいげつ》が流れた。蒸《む》し暑《あつ》い、湿《しめ》った風が吹《ふ》き過《す》ぎる或《あ》る晩《ばん》のこと。ミミのレッスンを終えると、和服姿《わふくすがた》の里枝さんはいつも以上に居《い》ずまいを正し、改まった調子で「先生にお話がございます」と言ってきた。

いやな予感がした。わたしは里枝さんの正面に座《すわ》り、「何でしょうか」と聞いた。

里枝さんはソファーに座《すわ》ったままの姿勢《しせい》で、深々と頭を下げた。「長い間、本当にお世話になりました。ミミのピアノのレッスンは今回限《かぎ》りでおしまいにさせていただきとうございます」

ミミは里枝さんの隣《となり》で、ひどく悲しそうな顔をしてうつむきがちになりながら、楽譜《がくふ》をいじりまわしている。わたしはミミと里枝さんの両方に向かって、冗談《じょうだん》めかして笑ってみせた。

「今、確《たし》か、ミミちゃんがレッスンをやめる、って聞こえたような気がしましたけど、まさかね。何かの聞《き》き違《ちが》いですよね」

「勝手にレッスンをお願いして、勝手にやめて……本当に申《もう》し訳《わけ》なく思っています」里枝さんはそう言い、もじもじしながら上目づかいにわたしを見た。「ですが、仕方がないのです。実はわたしが、入院しなくてはならなくなりましたの」

わたしが何か言いかけると、里枝さんはそれを制《せい》するようにして身を乗り出してきた。

「ミミの面倒《めんどう》をみてやるために入院だけは避《さ》けたかったんです。わたしが入院してしまったら、ミミの面倒《めんどう》をみてやれる者がいなくなってしまいますから。ですが、もう限界《げんかい》だ、とお医者に言われました。来週の月曜日から病院に入ります。検査《けんさ》の後は手術《しゅじゅつ》ということになりそうです」

病名は聞かなかった。聞くつもりもなかった。里枝さんは気力だけで生きているという感じがした。格別《かくべつ》、瘦《や》せてはおらず、顔色も悪くはなかったが、里枝さんが体内に病を隠《かく》していることは、かなり前からわたしも気づいていた。時々、ミミのレッスン中に、里枝さんがトイレに立ち、出て来た時は紙のように白い顔をして、額《ひたい》に脂汗《あぶらあせ》を光らせているようなことが何度か続いていたからだ。

わたしがミミの今後のことを訊《たず》ねると、里枝さんは「はい。遠くの親戚《しんせき》の家に行くことに……」と言い、途中《とちゅう》で言葉を濁《にご》らせた。

意地悪な気持ちにかられた。わたしはわざと聞いてみた。「遠くの親戚《しんせき》、ってどちらにお住まいの方なんですか。わたし、ミミちゃんに会いに行きますから。連絡先《れんらくさき》を教えてください」

「申し上げるような場所ではございません」里枝さんは柔《やわ》らかくかわした。「こうなってしまったのも仕方のないことですもの。先生、おわかりでしょう？　どうか、ミミやわたしのことはもうお気づかいなく。先生には何から何まで、お世話になりっ放しで、どう御《おん》礼《れい》を申し上げればいいのか……ミミもわたしも心から感謝《かんしゃ》しております」

ミミが目をうるませてわたしを見た。わたしは胸《むね》が熱くなるのを覚えた。里枝さんが病気になったことによって、ミミに何か変化があったのだろう、とわたしは思った。ミミを取《と》り巻《ま》いている霊界《れいかい》の空気の中に、わたしには計り知れない変化が起こり、ミミはもう、生前の姿《すがた》でこの世に戻《もど》って来られなくなったのかもしれない、だから、ピアノのレッスンをやめることにしたのかもしれない、と。

里枝さんは帰りがけに玄関先《げんかんさき》に立ってからも、何度も何度もお辞儀《じぎ》を繰《く》り返《かえ》し、わたしに感謝《かんしゃ》の念を伝えようとした。外には湿《しめ》ったべたべたするような闇《やみ》が流れていて、今にも雨が降《ふ》り出しそうな気配だった。

わたしは思わず中腰《ちゅうごし》になり、ミミの手を取った。

「ミミちゃん。遊びに来たくなったら、いつでも遊びに来てくれていいのよ。先生は、いつでも『小犬のワルツ』をひいてあげるから。ミミちゃんが来てくれるのを待ってるから」

言った途端《とたん》、後悔《こうかい》した。言ってはならない言葉だった。わたしはミミに向かって、決然とさよならを言うべきだったのだ。どれほどミミが哀《あわ》れでも、そうすべきだったのだ。

だが、ひとたび口をついて出てしまった言葉は、取り返しがつかなかった。ミミは顔を輝《かがや》かせ、子供《こども》とは思えないほど強い力でわたしの手を握《にぎ》り返すと、「うん」と声に出して大きくうなずいた。

まあ、この子ったら、と里枝さんは言い、ひどく取《と》り乱《みだ》した様子で、嗚咽《おえつ》まじりに泣き出した。

大粒《おおつぶ》の雨が、ぱらぱらと音を立てて玄関《げんかん》の軒先《のきさき》にあたった。傘《かさ》をお貸《か》しします、と言ったわたしの声が聞こえなかったのか、里枝さんはミミの手をつかむと、「それでは失礼いたします」とか細い声で言うなり、病人とは思えない素早《すばや》さで雨の中に出て行った。

わたしは大慌《おおあわ》てで下駄箱《げたばこ》の中をかきまわした。そして、里枝さんが使うにふさわしい藤《ふじ》色《いろ》の傘《かさ》と、ミミが使うにふさわしい透明《とうめい》なビニール傘《がさ》とを取り出し、サンダルをつっかけたまま家を飛び出して彼女《かのじょ》たちの後を追いかけた。

だが、門の外に出て立ち止まったわたしの目に映《うつ》ったものは、雨に打たれながら遠くの角を曲がろうとしている里枝さんの姿《すがた》だけで、ミミの気配はすでになく、そうこうするうちに里枝さんも角の向こうに消えて見えなくなってしまった。

それから二ケ月もたたないうちに、わたしは、里枝さんが病院で亡《な》くなったという噂《うわさ》を耳にした。市村さんの、あの花に埋《う》もれた可愛《かわい》い家もまもなく取《と》り壊《こわ》され、あっという間に瓦礫《がれき》の山となり果てた。

ミミが頻繁《ひんぱん》にわたしの元に現《あらわ》れるようになったのは、そのころからだ。ミミはわたしのピアノの上にちょこんと座《すわ》り、ことあるごとにわたしに『小犬のワルツ』をひいてほしい、とせがむ。わたしがひいてやると、ミミは細い喉《のど》をひくひく震《ふる》わせながら、嬉《うれ》しそうに笑う。

ミミはすっかり幽霊《ゆうれい》になってしまった。大きくくり抜《ぬ》かれた目は、真っ黒で、どこを見ているのかわからない。おそらく、わたしに見抜《みぬ》かれていることを知った途端《とたん》、心底、安心して無防備《むぼうび》になったのだろう。水のようにとろりとした透明《とうめい》な姿《すがた》で現《あらわ》れることもあれば、気配だけでその存在《そんざい》を主張《しゅちょう》してくることもあった。

お願いだから、もうちょっと怖《こわ》くない姿《すがた》で出てきてほしい、と思うのだが、それを彼女《かのじょ》に頼《たの》むのは残酷《ざんこく》なことのように思える。ありのままのミミでいることが、ミミにとっては無上の快楽《かいらく》であるに違《ちが》いないのだ。

「先生」とさっき、ミミは壜《びん》の中で喋《しゃべ》っているような、子供《こども》らしからぬ低い声で言ってきた。「だっこして」

戸惑《とまど》いはない。わたしは厭《いと》わずにミミを抱《だ》いてやる。ミミはわたしにしがみつく。わたしの喉《のど》に頬《ほお》を寄《よ》せる。くすくすと笑い続ける。ミミの身体はゼリーのように冷たくて、やわらかい。

窓《まど》の外では、今夜も雨が降《ふ》り続《つづ》いている。窓《まど》ガラスにわたしの姿《すがた》が映《うつ》っている。なのに、わたしの腕《うで》の中にあるものは、ガラスには映《うつ》らない。

わたしはミミが哀《あわ》れになって、いっそう強く抱《だ》きしめる。そして、このままずっと、わたしが里枝さんほどの年齢《ねんれい》になっても、ミミは相変わらずわたしと一緒《いっしょ》にいて、こうやって人のいなくなった家でわたしにしがみついてくるのだろうか、と考える。

正直に告白すると、少し怖《こわ》い。ミミの形相《ぎょうそう》はどう贔屓目《ひいきめ》に見ても、やはり常軌《じょうき》を逸《いっ》しているからだ。

だが、この荒《あ》れ果《は》てた広い屋敷《やしき》にたった一人で住み続けることの孤独《こどく》を思うと、贅沢《ぜいたく》は何も言えない。たとえ、腐《くさ》り落ち、ひとかたまりの乾《かわ》いた骨《ほね》となった姿《すがた》で現《あらわ》れたとしても、それもまたミミなのだ。孤独《こどく》なわたしを恋《こ》い慕《した》ってやって来てくれる、たった一人の友達なのだ。

わたしの首に両手をまわし、じっとしていたミミが、耳元で幸せそうな溜《た》め息《いき》をついた。ミミの息は、湿《しめ》った藻草《もぐさ》のような冷たい匂《にお》いがする。その匂《にお》いがわたしの首すじをすうっと一巡《いちじゅん》していく。ミミに対する気持ちとは裏腹《うらはら》に、わたしは水を浴びたような感じになって、しばらく身動きができなくなった。

帰り道

朱《あけ》野《の》帰《かえる》子《こ》

「ひいおばあちゃん、いま亡《な》くなった」

鈴音《すずね》がトイレから帰ってくると、お母さんがお腹《なか》を抱《かか》えて病室から出てきた。病室を覗《のぞ》くと、ひいおばあちゃんはさっきと同じように眠《ねむ》っていた。

九十八歳《さい》だった。ここ二、三年は、目を開けたところを見ていない。

「お母さん、おばあちゃんとお葬式《そうしき》の相談があるから、先に帰ってなさい」

お母さんはお腹《なか》をさすりながら言った。かなり大きい。生まれてくるのは妹だそうだ。この前の健診《けんしん》でわかったらしい。

「いつもの道だから帰れるわね？　練馬《ねりま》駅のロータリーから荻窪《おぎくぼ》駅行きのバスに乗るの。そうだ、あなたのＳｕｉｃａ、お母さんのバッグの中だ」

その時、病室のスライドドアを開けて、おばあちゃんが出てきた。

「鈴音ちゃん一人で帰るの？　もう九時すぎてるよ。迷子《まいご》にでもなったら」

「大丈夫《だいじょうぶ》よ。何度も来てるし。この子、もう小学三年生よ」

お母さんは顔をしかめてお腹《なか》をさすった。妹が蹴《け》っているらしい。小さい足の形がお腹《なか》の皮のむこうから、むにゅう、と押《お》し出《だ》されて見えることもあって怖《こわ》かった。

「お姉ちゃんになるんだから。いつまでも甘《あま》えん坊《ぼう》じゃね」

「ほんとに大丈夫《だいじょうぶ》？　変な人にさらわれないように気をつけなさいよ。知らない人とお話してもだめ」

しきりに心配するおばあちゃんに、鈴音はむきになって言った。

「だいじょぶ。もうお姉ちゃんだから、私《わたし》」

お母さんのお腹《なか》が大きくなりはじめてから、みんなに言われた。なんでも一人でできるようにならなくちゃだめ。大人にならなくちゃだめ。

ロビーのテレビには今年の事件《じけん》をふりかえる番組が流れていた。あと二日でお正月だ。来年はどんな年になるでしょう、とアナウンサーは浮《う》かれた声だ。

「あ、そうだ、途中《とちゅう》でお腹《なか》が空《す》くといけない。これ持っていきな」

おばあちゃんはパック入りのきなこ餅《もち》を差し出した。鈴音は「いらない」と言った。古くさいお菓子《かし》は苦手。

「そうよ、いいわよ。うちに帰ればご飯あるんだから。つくってきちゃったんだから」

お母さんはSuicaをとりにいった。鈴音はフリースを着て廊下《ろうか》で待っていた。

「ひいおばあちゃん、お亡《な》くなりになって悲しいわねえ」

病室から出てきた看護師《かんごし》さんが話しかけてきた。鈴音はうなずいた。

本当はそんなに悲しくない。ひいおばあちゃんとは話したことがない。赤ちゃんの頃《ころ》に抱《だ》っこされている写真を見たくらいだ。鈴音がお喋《しゃべ》りをはじめる頃《ころ》には、ひいおばあちゃんは、鈴音のことを覚えていなかった。

——おうちに帰りたい。

ひいおばあちゃんはよくそう言っていた。勝手に家を出て騒《さわ》ぎにもなった。ひいおばあちゃんの言う「おうち」とは、小さい頃《ころ》にいたおうちのことで、今住んでいるおうちのことではないそうだ。

そろそろ危《あぶ》ないです、とお医者さんに病室に呼《よ》ばれた時、お母さんは寂《さび》しそうにお腹《なか》をさすって、この子を抱《だ》っこさせてあげられていたら、もう少し頑張《がんば》れたかも、と言った。

赤ちゃんってそのくらいのパワーがあるもの。

それを聞いて息苦しくなった。それでトイレに行ったのだ。その間にひいおばあちゃんは死んでしまった。

病院の外はすっかり暗かった。

方向感覚を失いそうになって、鈴音は病院を出てすぐのところにあるスーパーに駆《か》けこんだ。赤いタヌキがキャラクターの、どこにでもあるスーパー。西武池袋線《せいぶいけぶくろせん》の高架下《こうかした》につくられている。ここを通《とお》り抜《ぬ》ければ練馬駅の近くに出られるはず。

入り口に真っ赤な買い物かごが天井《てんじょう》まで重なっている。真っ赤なカートもたくさん並《なら》んでいる。こんなになにもかも赤かっただろうか。赤に圧倒《あっとう》されて鈴音は通路を歩いた。

お客さんはいない。

通路脇《わき》には苺《いちご》パックが並《なら》んでいた。お正月だからだろうか。どこまで行っても苺《いちご》パックだ。やっと途《と》切《ぎ》れたと思ったら、冷蔵《れいぞう》ケースが続く。どこまで行っても蒲鉾《かまぼこ》。

レジに店員さんがいない。お客さんもやっぱりいない。誰《だれ》もいない。二十四時間スーパーなのに、陽気な音楽もなくて静か。冷蔵《れいぞう》ケースがうなる音だけがする。

鈴音は心細くなってきょろきょろした。

生花《せいか》のコーナーがあった。「どれでも一本八十円」と書いてある。黄色。白。ピンク。どれも菊《きく》ばかりだ。お正月には菊《きく》を飾《かざ》るものだろうか。ここにも店員がいない。

やっぱり変だ、このスーパー。

鈴音は小走りで出口に向かう。

スーパーを抜《ぬ》けると、高架下《こうかした》につくられた公営駐輪場《こうえいちゅうりんじょう》が見えた。よかった。この方向で正しかったんだ。お母さんと帰る時、いつもこの駐輪場《ちゅうりんじょう》の脇《わき》を通る。

駐輪場《ちゅうりんじょう》の入り口にある受付用の小屋のシャッターは閉《し》まっていた。小屋には看板《かんばん》がいくつも打ちつけてある。「一生分利用シールの方　更新《こうしん》受付中」とか「場内飛行禁止《きんし》」とか書いてある。前からこんな看板《かんばん》だったろうか。

鈴音は駐輪場《ちゅうりんじょう》の奥《おく》に目をやる。ずらりと並《なら》んだ自転車たち。その周りにも看板《かんばん》がいっぱいある。「一時利用の方は百二階まで」「定額《ていがく》利用枠《わく》の方は牢屋《ろうや》へ」「魚類の方は特別に地下水槽《すいそう》を使えます」「罪人《ざいにん》の方は裁判所《さいばんしょ》発行の許可書《きょかしょ》が必要です」

鈴音は本をたくさん読む。漢字も読める。でも、ここに書かれていることは全然わからない。

駐輪場《ちゅうりんじょう》から目をそらし、いつもお母さんと行くように、高架脇《こうかわき》の道を進む。

そこは繁華街《はんかがい》になっている。古びた店ばかりが並《なら》んでいた。昼通った時は眠《ねむ》っているようだったのに、今は派手《はで》な電飾《でんしょく》がまたたいている。看板《かんばん》という看板《かんばん》が目のようにギラギラと鈴音を見つめる。

「スナックぬばたま」というぼんやりと光る看板《かんばん》の下を通る。こんな店あったかな。不安になってきた。「韓国本格《かんこくほんかく》アカスリ」という、どぎつい黄色の看板《かんばん》。こっちでいいのかな。「本格《ほんかく》トルコ料理」と書かれた赤い旗が冷たい風ではためいている。本格《ほんかく》ばかりだ。

レストランが見えてきた。「どんなパーティでもＯＫ」と刻《きざ》まれた鉄製《てっせい》の看板《かんばん》。店内は薄暗《うすぐら》く、テーブルにランタンが置かれていた。絵本とかで見るやつ。中で火がちろちろと燃《も》えていた。客は一人もいない。

そのまま大通りに出た。ここにも誰《だれ》もいない。練馬駅は大きい。そんな駅の周りに誰《だれ》もいないなんておかしい。車だけが猛《もう》スピードで走っている。

業務用《ぎょうむよう》スーパーの緑色の看板《かんばん》が見えた。「にんげんのお客様大歓迎《だいかんげい》」と書いてある。隣《となり》の店には「ババア汁拉麺製作所《じるラーメンせいさくじょ》」の看板《かんばん》。のれんには大きく「狸《たぬき》」の文字。二階の窓《まど》には「まだ未来を信じている人のためのネットカフェ　情報提供《じょうほうていきょう》します」という文字。

ここはほんとに、お母さんとよく来る練馬駅前の街だろうか。

傍《かたわ》らのビルを見上げると、「練牛都税事務所《とぜいじむしょ》」という金文字が見えた。

練牛？　一字違《ちが》う。

なにかがおかしい。病院に戻《もど》ろうか。でも、だめだと自分に言い聞かせる。

私《わたし》はお姉ちゃんになるんだから。一人で帰らなきゃいけない。

お腹《なか》が大きくなりはじめてから、お母さんは厳《きび》しくなった。麦茶をこぼした時も、テレビを消し忘《わす》れた時も、溜《た》め息《いき》をついた。お姉ちゃんがこんな悪い子じゃ心配ねえ、とお腹《なか》の赤ちゃんに話しかけた。鈴音の心はきゅっとなった。

お母さんと妹はいつも一緒《いっしょ》。

私《わたし》は一人。

お母さんは手を繋《つな》いでくれなくなった。腕《うで》にぶらさがると、しんどそうな顔で、お父さんと繋《つな》ぎなさい、と言われる。でもお母さんと繋《つな》ぎたいのだ。繋《つな》いでいないと心細いのだ。

駅に近づけば近づくほど、光は減《へ》っていった。

白い壁《かべ》の半分が変色した民家が見える。家の前がゴミ捨《す》て場《ば》になっていて、目印の赤いポールが立っている。ポールはネットでぐるぐる巻《ま》きになっていた。見ているだけで寂《さび》しくなる家。そんなのがどんどん増《ふ》えていく。

やっぱり変だ。駅の近くっていうのはもっと賑《にぎ》やかなはずだ。

暗い灯《あか》りがともったマンションの前を通る。ロビーに巨大《きょだい》なプードルの置物があった。

隣《となり》は「幸せ建設《けんせつ》不動産」という看板《かんばん》をかかげた古い店。窓《まど》という窓《まど》に板が打ちつけられている。二階の窓《まど》から視線《しせん》を感じた。見上げると黒い影《かげ》が板の隙間《すきま》の中にさっと隠《かく》れた。

さらに進むと、大きなパチンコ屋。蛍光灯《けいこうとう》がまぶしくて中がよく見えない。玉が流れるシャーシャーという音だけが聞こえる。

パチンコ屋のビルから突《つ》き出《だ》した電光掲示板《けいじばん》には「練牛区警察《けいさつ》こども課」の文字。また練牛だ。掲示板《けいじばん》には白い電光の文字が流れている。

「悪いこどもはすぐ逮捕《たいほ》します」

鈴音は息をのんだ。牢屋《ろうや》に入れられたらどうしよう。そういえば、さっき誰《だれ》かが二階から見ていた。あの人が警察《けいさつ》に電話するかもしれない。鈴音は怖《こわ》くなって走り出した。

駅だ。駅まで行けばバスに乗れる。家に帰れる。

途中《とちゅう》のビルの壁《かべ》に選挙ポスターがいくつも貼《は》ってあった。写っているのは牛ばかり。頭に角をはやした牛が鈴音を見つめてガッツポーズ。歯を見せて笑っているのもいる。

パン屋の前を通《とお》り過《す》ぎる時、貼紙《はりがみ》が見えた。「かぎりなく自然に近い天然酵母《こうぼ》パン～権《けん》威《い》あるコンテストで選ばれました」の文字。その下には「ここは従業員駐車場《じゅうぎょういんちゅうしゃじょう》。他の車はつぶす」と殴《なぐ》り書《が》きされている。

ここは人間の街ではないのだろうか。そんなはずはない。よく知らない街だから、しかも夜だから、なにもかも違《ちが》って見えるだけだ。

横断《おうだん》歩道を渡《わた》ると、

「練牛駅」

という案内板が見えた。矢印もある。

鈴音は目をぱちぱちさせた。練馬駅でなくていいのだろうか。お母さんは練馬駅から荻窪駅行きバスに乗りなさいと言っていた。

でもいくら見回しても他に駅はない。案内板の下に地図がある。目を皿のようにして探《さが》したが、練馬、という駅名はない。練牛駅でいいのかもしれない。名前が変わったのかも。矢印の方向に進むと、ロータリーについた。ここにも誰《だれ》もいない。ぽつんぽつんと立つ赤いバス停を見て歩く。

あった。萩窪駅行き、と書かれたバス停。見慣《みな》れた地名を見つけるとほっとする。

ん？

鈴音は目をよく開いて、もう一度見た。オギクボってこういう漢字だっけ？　どこかが違《ちが》う気がする。でも、どう書くのが正解《せいかい》なのか思いだせない。だいたい合っていればいいのではないか。そんな気もしてきた。

バスがやってきた。猛《もう》スピードでロータリーに入ってくると、大きくカーブして、鈴音の前で止まる。萩窪行きという文字が白く輝《かがや》いている。

ドアが自動で開いた。運転手さんの顔をおそるおそる見上げる。

人間だった。思わず、はあっと息を吐《つ》く。

運転手さんは帽子《ぼうし》を目深《まぶか》にかぶっていた。日焼けした肌《はだ》。前に図鑑《ずかん》で見た南の島の人みたいだ。肌《はだ》が使い古した革《かわ》のように真っ黒。

運転手さんは鈴音をぎろりと見た。そしてマイクに口を近づけた。

「乗らないなら発車しますよ」

大きな声だった。スピーカーがキインと鳴る。鈴音はＳｕｉｃａを出した。料金を支払《しはら》うところにタッチする。

「それじゃ払《はら》えないでしょ」

運転手さんは乱暴《らんぼう》に言った。

「え？」

鈴音はＳｕｉｃａを見た。多めに入っているとお母さんは言っていた。五百円は残っているはずだと。子供《こども》料金はたしか百八円。

運転手さんはいらだたしげに料金表を指さした。

「六文」

とある。大人も子供《こども》も同じ料金、と書いてある。

「ろくぶん？」

円ではないのか。外国のお金だろうか。

「ろくもんだよ」

運転手さんはハンドルをバンと叩《たた》く。

「とぼけたふりして。ないならないで言えばいいのに。まったく、今度は嘘《うそ》つかないようにね！」

泣きたい気持ちでいっぱいになりながら、鈴音は一番うしろの席に座《すわ》った。

お母さんと乗る時はいつもここだ。

——私《わたし》たちは始発から終点まで行くの。うしろにいるのが都合いいの。

お母さんにそう教えられた。バスの揺《ゆ》れは心地《ここち》よくて、鈴音はお母さんに寄《よ》りかかって眠《ねむ》ってしまう。起きると終点についている。

でもいまはお母さんがいない。誰《だれ》もいないうしろの席は広かった。鈴音は運転手さんから身が隠《かく》れるように窓《まど》にくっついた。

エンジンがかかり、バスが身震《みぶる》いした。

「まもなく発車します」

というアナウンスが流れる。

その時、大勢《おおぜい》のお客さんが乗ってきた。鈴音は驚《おどろ》いて席から身を乗り出した。ニット帽《ぼう》子《し》をかぶったり、マフラーを口まで巻《ま》いたりしていて、顔がよく見えない。お年寄《としよ》りも子《こ》供《ども》もいる。

よかった。鈴音は背《せ》もたれに寄《よ》りかかった。これはちゃんとしたバスなんだ。

お腹《なか》が空《す》いてきた。おばあちゃんが持っていけと言っていた、きなこ餅《もち》が恋《こい》しくなってきた。意地を張《は》らずにもらえばよかった。鈴音はお腹《なか》が鳴らないように押《お》さえた。

「……します」

運転手さんのくぐもった声。よく聞こえなかったが、発車します、と言ったのだろう。

バスはロータリー内を回り、どんどんスピードを上げて走り出す。

うちに帰ればご飯があるとお母さんは言っていた。それまで我慢《がまん》だ。

鈴音は天井《てんじょう》を見上げた。天井《てんじょう》近くの枠《わく》にはめられている広告の文字を読むのが好きなのだ。新しくできた歯医者さん。博物館の催《もよお》しもの。パレードのお知らせ。

でもこのバスの枠《わく》の中は真っ白だった。広告がひとつもない。

鈴音はしかたなく窓《まど》の外を見た。

暗い住宅街《じゅうたくがい》が続いている。

お母さんはなぜ、今日に限《かぎ》って一人で帰れなどと言ったのだろう。

ふとそんな考えが浮《う》かんだ。

習い事に行く時だって「心配だから」と送《おく》り迎《むか》えをするお母さんが、どうして今日に限《かぎ》って。

お母さんは自分を捨《す》てようとしている。

そんな考えも浮《う》かんだ。

わけのわからない街。わけのわからないバス。

帰れなくなる。迷子《まいご》になる。誰《だれ》かにさらわれる。そうなれば万々歳《ばんばんざい》だとお母さんは思っているのじゃないだろうか。

もうすぐ妹が生まれる。生まれたての赤ちゃん。きっと可愛《かわい》い。親戚《しんせき》の人はみんなそう言う。赤ちゃんはなにもかもを変えてしまうと。

鈴音はもう赤ちゃんではない。赤ちゃんに戻《もど》れない。赤ちゃんみたいに可愛《かわい》くもなれない。それなのに、麦茶をこぼしたり、テレビをつけっぱなしにしたりして、お母さんに嫌《きら》われるばかりだ。

お母さんはいつも言う。悪い子は家から出してしまう。おまわりさんにつれてってもらう。どこかに置いてきてしまう。

鈴音は窓《まど》の外を眺《なが》めた。

次は左に曲がるはずだ。しかし、バスは右へ曲がった。ネオンカラーの看板《かんばん》が前からうしろへ飛んでいく。「超記憶塾《ちょうきおくじゅく》」「天才養殖《ようしょく》スクール」「第三の目のトレーニングジム」「鬼《おに》のお作法教室」……。習い事の看板《かんばん》ばかりだ。

次こそ左だ。そう思ったが、右に曲がってしまう。しばらく住宅街《じゅうたくがい》が続き、今度は暗い公園ばかりが見える。街灯で淡《あわ》く輝《かがや》く遊具たち。ペンキの剝《は》がれたイルカ。巨大《きょだい》なタコのすべり台。真っ白なゴンドラ。どう使うのかわからない健康促進《そくしん》遊具。小さい黒い影《かげ》がジャングルジムから飛《と》び降《お》りるのが見えた。お母さんに捨《す》てられた子供《こども》はああいう所に住むのだろうか。

このバスはどこへ行くのだろう。鈴音は唇《くちびる》を嚙《か》みしめた。

ある歌が頭に浮《う》かんだ。レンタルショップで借りてきた古いアニメ。お母さんがつわりで苦しんでいた頃《ころ》、「あっちで見てて」と渡《わた》された「まんが日本昔ばなし」のDVD。あれのおしまいに流れていた歌。何度も見たから覚えている。

いいな　いいな　にんげんっていいな
おいしいおやつに　ほかほかごはん
子どもの帰りを　待ってるだろな
ぼくも帰ろ　お家《うち》へ帰ろ
でんでん　でんぐりがえって　バイ　バイ　バイ

炊飯器《すいはんき》からよそったばかりのご飯が食べたかった。好きなお味噌汁《みそしる》。タマネギの入ったやつ。お気に入りのウサギの柄《がら》の布団《ふとん》。

でもこのバスじゃ家に帰れないかもしれない。

涙《なみだ》があふれた。お母さんは鈴音の帰りなんか待っていないのかもしれない。フリースの袖《そで》で拭《ぬぐ》う。袖《そで》が冷たくなった。

妹なんか生まれてこなければいい。

日本昔ばなしに出てくる子供《こども》はほとんどがいい子だ。悪者は欲《よく》の皮《かわ》が張《は》ったおじいさん。鈴音は子供《こども》なのに、悪いおじいさんみたいなことを考えている。

妹さえ生まれなければ、鈴音はいい子だった。お母さんに可愛《かわい》がってもらえた。

涙《なみだ》は止まらない。寒かった。スニーカーの中の爪先《つまさき》が冷えてきた。指を動かしていないと凍《こお》りそうだ。手も冷たい。もう泣くのをやめないともっと冷えてしまう。

他のお客さんも寒いみたいだ。手をこすりあわせている人もいる。会話はない。みんな一人で乗ってきている。目を合わせもしない。ぶつぶつ言っている人もいる。爪《つめ》を噛《か》んでいる人もいる。鈴音のことなど見ない。

このバスはどこへ行くんですか、などと訊《き》けない。

そう思った時、お客さんたちの中から、おばあさんが苦しそうに抜《ぬ》けでてきて、こちらへ歩いてきた。てろてろした生地《きじ》のコートの襟元《えりもと》から花柄《はながら》のシャツが見えた。

かなり年を取っている。干物《ひもの》の魚みたいに痩《や》せている。一番うしろの席に座《すわ》りたいみたいだ。でも、うまく進めない。バスが揺《ゆ》れるたびによろける。

運転手さんは猛《もう》スピードでバスを運転している。

鈴音は手を差し出した。

「ありがとう」

おばあさんは鈴音の手を強く握《にぎ》った。石のように冷たい。手をひっこめたくなった時にはもう、おばあさんは隣《となり》に腰《こし》をおろしていた。消毒液《しょうどくえき》みたいなにおいがした。

「鈴音ちゃんかね?」

鈴音は息をのんだ。どうして名前を知っているんだろう。知らない人と話してはいけないと言われている。身を硬《かた》くした。しかし、

「このバスがどこへ行くか知ってるの」

と尋《たず》ねられると、つい答えてしまった。

「知らない」

おばあさんは何度かうなずいた。

「これはね、死んだ人が乗るバスよ、きっと」

意味がわからない。鈴音は激《はげ》しく首を振《ふ》った。

「私《わたし》は死んでない」

「そうかねえ」

「まだ小学生だし、まだ死なない。お母さんが言ってた。死ぬのはおばあさんになってからだって」

おばあさんはしばらく黙《だま》って、そして言った。

「それはそうだね。その通りだ。でもね、鈴音ちゃん。おばあちゃんは何度もこのバスに乗ったことがあってね、それで考えたんだけど、人間は生きながら死ぬってことがあるんだと思うのね」

やっぱり意味がわからない。変なおばあさん。

「あんたにはちょっと難《むずか》しい話だったかな？」

おばあさんは皺《しわ》だらけの手をこすった。

「おばあちゃんはね、何度もこのバスに乗ったことがあるの」

それはさっき聞いた。

「初めて振《ふ》り袖《そで》を着た時も乗った。好きな人ができた時も乗った。お嫁《よめ》に行った時も。そうそう、子供《こども》を産んだ時も乗ったんだった。ずいぶん乗ったものでしょう？」

おばあさんの話はよくわからなかった。鈴音は下を向いていた。

「初めて乗ったのは、お母さんに赤ちゃんが生まれた時だったかね」

鈴音は、はっと顔をあげた。

「もう大昔の話だよねえ」

おばあさんは目を細めた。

「弟が生まれた時、お父さんもお母さんも大喜びした。跡継《あとつ》ぎだからね。私《わたし》なんかもう目に入らないの。突然《とつぜん》、姿《すがた》が見えなくなったみたいに、誰《だれ》も私《わたし》にかまわない。ああ私《わたし》は死んだんだと思ったよ。自分が自分でなくなるようで、怖《こわ》くて、悲しくて」

声が出なかった。ずっと感じてきたこと。よくわからなかった思い。

「おんなじだ」

鈴音はつぶやいた。

「私《わたし》もおんなじ。自分が自分じゃないみたい」

じゃあ、自分も死んだってことか。お母さんにとってはそうなのかもしれない。鈴音は死んだ。それでこのバスに乗せられたのか。

「おばあちゃんは弟に意地悪してしまったよ。そりゃあひどい意地悪をした」

おばあさんは黄色い歯を見せた。

「そんな自分がいやでねえ。しかも、一度きりじゃないんだから。弟たちは次々に生まれたし、そのたびに私《わたし》は死ななきゃならなかった」

鈴音は手を握《にぎ》りしめた。

「でも、まあ、見てごらん」

おばあさんは灰色《はいいろ》になった爪《つめ》で他のお客さんをさした。

「みんな怖《こわ》いんだから。鈴音ちゃんだけじゃない」

鈴音も同じほうを見た。

さっきは気づかなかったが、お客さんたちは窓《まど》の外を食い入るように見ている。バスが曲がるたびに溜《た》め息《いき》をつく人。内部の路線図を不安そうに見ている人もいる。

「このバスはね、たぶんね、自分が自分でなくなるのが怖《こわ》い人が乗るバスなんだ。鈴音ちゃんは一生のうちで何回乗ることになるかねえ。これが初めてじゃないかもしれないよ。ほれ、見てごらん。あそこにもいるだろう。小さいのが」

おばあさんに指されて、鈴音は優先席《ゆうせんせき》と書かれた席を見た。人形ほどの大きさのものがぼうっと光って座《すわ》っている。輪郭《りんかく》ははっきりしない。

「これから生まれる子だよ」

小さいものは震《ふる》えている。

「不安なんだね。生まれた後、ちゃんと愛されるかどうか心配なんだ」

鈴音は小さいものを見つめた。自分の妹ももうすぐこのバスに乗るのだろうか。

「あそこも見てごらん」

おばあさんは小さいものが座《すわ》っている隣《となり》をさした。

お腹《なか》の大きな女の人が座《すわ》っている。肩《かた》のあたりがお母さんに似《に》ている。でも着ている服が違《ちが》った。顔を手で覆《おお》って体を前後に揺《ゆ》らしている。

「もう生まれてる子と、これから生まれる子、両方を可愛《かわい》がれるかどうか、怖《こわ》いんだ」

「大人なのに怖《こわ》いの？」

「そうだよ。生きるってのは、ほんとに怖《こわ》いことだ。だから、みんなこのバスに乗る。でも、いつかは降《お》りないと。本当に帰れなくなる。鈴音ちゃんもおうちに帰りたいでしょ」

鈴音はおばあさんを見た。

「降《お》りたらおうちに帰れる？」

「帰れるさ。いつものバス停で降《お》りれば帰れる」

おばあさんはうなずいた。

「おばあさんもこのバスでおうちに帰るの？」

「いや、帰らない。このバスに乗る時、六文銭《ろくもんせん》を持っていたからもうだめだ。いつのまにか手に握《にぎ》らされていたんだよ。今までそんなことなかったのにね」

おばあさんはしかめ面《つら》で手を見た。

「私《わたし》はもう帰れない。このバスに乗るのもどうやら最後みたいだ。名残惜《なごりお》しいねえ。このバスに乗るのはいやだったけど、乗らなければわからなかったこともたくさんあったように思う。もう乗れないと思うと、何度でも乗ってみたい」

おばあさんは皺《しわ》だらけの指で鈴音の髪《かみ》に触《さわ》って、ニカッと笑う。

「もし、鈴音ちゃんが帰りたくないっていうなら代わってもらおうかな?」

「帰りたくなくない」

鈴音は首を激《はげ》しく振《ふ》った。

「さあ、そろそろ降《お》りなければ。あんたと話せてよかった」

おばあさんは降車《こうしゃ》ボタンを押《お》した。ピンポンと音が鳴り、バス中のボタンが赤く光る。

バスが大きく揺《ゆ》れると、赤い光たちは揺《ゆ》れた。

「次、止まります」

アナウンスが流れ、急停止した。降《お》り口《ぐち》からたくさんの人が降《お》りていく。

窓《まど》の外は野原だった。枯《か》れた芝生《しばふ》。見渡《みわた》す限《かぎ》りなにもない。いつのまにこんなところに来たんだろう。遠くに大きな建物が見える。灯《あか》りがあるのはそこだけだ。

ふりかえると、おばあさんはいなくなっていた。

鈴音はあわてて窓《まど》に目を戻《もど》した。人の列が大きな建物に向かっていく。あれ全部、もう帰れない人なのか。おばあさんもあの中にいるのか。

鈴音は小さく手を振《ふ》った。

「バイバイ」

バスは発車した。ふたたび猛《もう》スピードで走り出す。

鈴音は背《せ》もたれに寄《よ》りかかった。眠《ねむ》ってはだめだ。必死に行き先を見つめる。

バスは何度か止まり、残りのお客さんも降《お》りていった。注意して見ていたはずなのに、お腹《なか》の大きい女の人も、いつのまにかいなくなっていた。

もう鈴音しか乗っていない。

「次は、ハギクボです」

萩窪、という文字が点滅《てんめつ》する。

バス停に到着《とうちゃく》すると、鈴音は席を立った。そして気づいた。

優先席《ゆうせんせき》にまだ小さいものが残っていた。

まだ降《お》りないのだろうか。もう終点のはずだ。でも、ぐずぐずしているとまたバスが出てしまう。鈴音はバスから飛《と》び降《お》り、家に向かって走り出した。

息が切れた。頰《ほお》を冷たい風が撫《な》でる。走っているうちに体がぽかぽかしてきた。

いいな　いいな　にんげんっていいな

地面を蹴《け》るたび、歌が頭に流れる。たしか最後はこんな風だったはずだ。

みんなで　なかよく　ポチャポチャおふろ
あったかい　ふとんで　眠《ねむ》るんだろな
ぼくも帰ろ　お家《うち》へ帰ろ
でんでん　でんぐりがえって　バイ　バイ　バイ

家にたどりつくと窓《まど》の電気がついていた。

玄関《げんかん》の鍵《かぎ》も開いている。入った途端《とたん》、お味噌汁《みそしる》のにおいがした。

お母さん！

鈴音は廊下《ろうか》を走った。あまり急ぎすぎて転びそうになる。台所の扉《とびら》を開ける。

「鈴音！　遅《おそ》かったじゃない。あんまり遅《おそ》いから、お母さん、バス停まで迎《むか》えに行こうかしらって、今考えてたとこ」

お母さんはおたまを持ったまま、こちらをふりかえった。

「お母さんはタクシーで帰ってきたの。お葬式《そうしき》の相談すぐ終わったものだから。やっぱり一緒《いっしょ》に帰ればよかったのにって、おばあちゃんに怒《おこ》られちゃったわ」

「お母さん」

鈴音は抱《だ》きついた。お母さんは驚《おどろ》いている。

「ちょっと待って。おたま持ってる。お味噌汁《みそしる》が垂《た》れちゃう」

「お母さん、お母さん、お母さん」

鈴音はエプロンに顔をうずめた。お母さんは、あらあらどうしたの、と言いながら鈴音を抱《だ》きしめてくれた。

「私《わたし》、ひいおばあちゃんに会った」

鈴音は目を瞑《つむ》って言った。

「バスで隣《となり》の席になった。あれは、たぶんひいおばあちゃん。お話もした」

「はいはい、夢《ゆめ》を見たのね」

お母さんは鈴音の髪《かみ》を撫《な》でた。

「でも、夢《ゆめ》でお別れできてよかったわね」

説明する自信はなかった。鈴音はお母さんにしがみつく手に力を入れた。

「私《わたし》、いいお姉ちゃんになる」

エプロンの下で小さな人が動くのを感じた。妹の小さい足が、むにゅう、と出てきて鈴音の顔を蹴《け》る。鈴音はエプロンに口をつけて言った。

「だからあなたもちゃんとバスを降《お》りておいでね」

そう言うと、小さな足が、もう一度、鈴音の顔を蹴《け》った。

「さっきからなにを言ってるの」

お母さんのエプロンからは前と違《ちが》うにおいがした。鈴音の知らないにおいだった。前とはなにかが違《ちが》っている。さっき降《お》りたのもオギクボじゃなくて、ハギクボだった。

鈴音は前とは違《ちが》う世界にいる。

それでもいい。おうちに帰れたのならそれでいい。ほかほかご飯に、あったかい布団《ふとん》もある。お母さんもいる。

朱野帰子

ちょっとくらい前と変わったって、私《わたし》は私《わたし》だ。

編者解説《へんじゃかいせつ》

朝宮運河《あさみやうんが》

十代の皆《みな》さんに向けてホラー小説の傑作《けっさく》をセレクトし、全四巻《かん》でお届《とど》けするシリーズ「**キミが開く恐怖《きょうふ》の扉《とびら》 ホラー傑作《けっさく》コレクション**」。第二巻《かん》『**死者たちの声**』のテーマは幽霊《ゆうれい》です。

幽霊《ゆうれい》は怖《こわ》そうだな、読むのをやめようかな、と思った方もいるかもしれませんが、ちょっと待ってください。幽霊《ゆうれい》が出てくるホラーといっても、背筋《せすじ》がぞっとするような作品だけでなく、心に響《ひび》く切ない話や、怖《こわ》いのに勇気をもらえる話まで、さまざまな種類があります。本書のために選んだ四作も、それぞれ違《ちが》った味わいをもつ幽霊《ゆうれい》小説で、しかもストーリーの面白《おもしろ》さは保証《ほしょう》つき。幽霊《ゆうれい》小説って奥《おく》が深いな、と感じてもらえるような一冊《さつ》になっていると思います。

ところでこのシリーズで紹介《しょうかい》しているホラー小説とは、そもそも何でしょうか。ごく簡単《かんたん》に説明すると、ホラー小説とは読んでいて〝怖《こわ》い気持ち〟になる小説のことです。恐怖《きょうふ》は人間にとってもっとも古く、強い感情《かんじょう》だといわれています。私《わたし》たちが生きているかぎり、怖《こわ》いという気持ちが心の中からなくなることはありません。ホラー小説はこの怖《こわ》いという感情《かんじょう》を、物語を通して楽しんでしまおうという小説のジャンルなのです。

ホラーの軸《じく》になるのは〝現実《げんじつ》には起こらないこと〟への恐怖《きょうふ》です。たとえば毎日ニュースで報《ほう》じられている交通事故《じこ》や病気、自然災害《さいがい》は恐《おそ》ろしいものですが、それらをそのまま描《えが》いてもホラー小説にはなりません。ホラーが主に扱《あつか》うのは、普段《ふだん》の暮《く》らしではまず起こることのない非《ひ》現実的《げんじつてき》・非日常的《ひにちじょうてき》な現象《げんしょう》や事件《じけん》であり、「こんなことが起こるはずがない。でも、もしかしたら……」と常識《じょうしき》を揺《ゆ》さぶられるところに、このジャンルの面白《おもしろ》さがあるといえます。

ホラー小説が取り上げる題材にはゾンビ、モンスター、吸血鬼《きゅうけつき》、呪《のろ》い、異世界《いせかい》などさまざまなものがあり、もちろん幽霊《ゆうれい》もその中に含《ふく》まれます。いや、多くの人々にとって一番身近な非《ひ》日常《にちじょう》である幽霊《ゆうれい》の物語は、ホラー小説の真ん中に位置しているといってもいいでしょう。幽霊《ゆうれい》を扱《あつか》ったホラー小説には、日本の作品にも海外の作品にも、傑作《けっさく》といわれるものが多いのです。

本書には日本の人気作家によって書かれた、魅力的《みりょくてき》なゴースト・ストーリー（幽霊《ゆうれい》小説）を選んでみました。

一作目の**「ミステリー研究会の幽霊《ゆうれい》」**は、ミステリー作家として有名な**有栖川有栖**《ありすがわありす》さんの作品。幽霊《ゆうれい》に悩《なや》まされる人々の相談に乗り、事件《じけん》を鮮《あざ》やかに解決《かいけつ》していく探偵《たんてい》・濱地健三郎《はまじけんざぶろう》の活躍《かつやく》を描《えが》いた「濱地健三郎」シリーズの一編《ぺん》です。

物語の舞台《ぶたい》は、とある高校のミステリー研究会の部室。ＵＦＯや心霊現象《しんれいげんしょう》、古代文明などが大好きなメンバー三人からなるこの小さな部活に、新メンバーの一年生が加わったことで異変《いへん》が起こります。これまでも部室内でときどき起こっていた超常現象《ちょうじょうげんしょう》が、日に日に激《はげ》しいものになっていったのです。教師《きょうし》の相談を受けて高校にやってきた濱地は、どのように事件《じけん》を解決《かいけつ》するのでしょうか。

この作品に登場する幽霊《ゆうれい》は、実は悪いものではありません。幽霊《ゆうれい》ももとは私《わたし》たちと同じ人間。恐《おそ》ろしげな心霊現象《しんれいげんしょう》も、誰《だれ》かが私《わたし》たちに向けたメッセージかもしれないのです。ちなみに濱地のような心霊事件《しんれいじけん》を扱《あつか》う探偵《たんてい》のことを心霊探偵《しんれいたんてい》やオカルト探偵《たんてい》と呼《よ》びます。気になった方は、小野不由美《おのふゆみ》さんの「ゴーストハント」シリーズなど、他の作家による心霊探偵《しんれいたんてい》ものも読んでみてはいかがでしょう。

その**小野不由美**さんが生み出した、世にも恐《おそ》ろしい幽霊《ゆうれい》小説が二作目の**「雨の鈴《すず》」**です。主人公の有扶子《ゆうこ》は祖母《そぼ》が残した古い家に住み、七宝《しっぽう》のアクセサリーを作って暮《く》らしています。七宝《しっぽう》とは金属《きんぞく》の上にガラス質《しつ》のうわぐすりを塗《ぬ》り、焼き固めた工芸品のことです。ある雨の日、有扶子は家の近くの路地で、喪服《もふく》（お葬式《そうしき》の時に着る黒い着物）を着た女性《じょせい》を見かけます。霊感《れいかん》がある有扶子には、それが生きた人間ではないことがすぐに分かりました。そしてその幽霊《ゆうれい》はどうやら、雨の降《ふ》る日にだけ現《あらわ》れるようなのです。

やがて有扶子はその幽霊《ゆうれい》があるルールにしたがって移動《いどう》していること、次に幽霊《ゆうれい》がやってくるのは自分の家であることを知ってショックを受けます。チリン、チリンという鈴《すず》の音とともに少しずつ近づいてくる幽霊《ゆうれい》の怖《こわ》さは一度読んだら忘《わす》れられないほど。心臓《しんぞう》がぎゅっとなるような、ハラハラドキドキの展開《てんかい》を味わってください。なお結末に登場する尾端《おばな》という男性《だんせい》は、心霊現《しんれいげん》象《しょう》に悩《なや》んでいる人に救いの手を差《さ》し伸《の》べる大工さんで、彼《かれ》が登場する作品は「営繕《えいぜん》かるかや怪《かい》異譚《いたん》」というシリーズにまとめられています。

三作目は**小池真理子《こいけまりこ》**さんの**「ミミ」**。小池さんには『墓地《ぼち》を見おろす家』という、幽霊《ゆうれい》マンションを舞台《ぶたい》にしたとても怖《こわ》い小説がありますが、この「ミミ」は少し感じが違《ちが》います。主人公が自宅《じたく》で開いているピアノ教室に、ミミという小さな女の子が、おばあさんの里枝《さとえ》さんに連れられてやってくるところから物語は始まります。里枝さんは息子夫婦《むすこふうふ》と孫を事故《じこ》で亡《な》くし、引き取ったミミと暮《く》らしているのだと話します。恥《は》ずかしがりのミミのために、金曜夜の特別レッスンをおこなうことにした主人公は、次第《しだい》に二人と過《す》ごす時間を楽しみにするようになりますが、やがてある悲しい事実が明らかになります。

「ミミ」は幽霊《ゆうれい》が出現《しゅつげん》するホラー小説ですが、怖《こわ》さよりもむしろ、優《やさ》しさや懐《なつ》かしさを感じさせます。ホラー小説にはこうした胸《むね》を打つ作品も少なくないのです。私《わたし》たちは大切な家族や恋《こい》人《びと》、友人を永遠《えいえん》に失った時、「幽霊《ゆうれい》でもいいからもう一度会えたらいいのに」と思うことがあります。ホラー小説はそんな切ない願いに、答えてくれるジャンルでもあるのです。小池真理子さんは「ミミ」の他にも、生者と死者のふれあいを描《えが》いた切ないホラー小説をこれまでに数多く発表しています。

四作目の**朱野《あけの》帰子《かえるこ》**さんの**「帰り道」**は、ファンタジー的な展開《てんかい》が面白《おもしろ》い作品です。入院していた九十八歳《さい》のひいおばあちゃんが亡《な》くなり、お見舞《みま》い先の病院から一人で家に帰ることになった小学三年生の鈴音《すずね》。もうじき妹が生まれる鈴音は、お母さんから「お姉ちゃんになるんだから」と言われて、さびしさを感じています。

いつもと少し様子の違《ちが》う夜の町。「練馬《ねりま》駅」ではなく「練牛駅」からバスに乗った鈴音は、どんどん心細くなってきます。この作品は幽霊《ゆうれい》がこちらの世界にやってくるのではなく、主人公が幽霊《ゆうれい》の世界に足を踏《ふ》み入《い》れてしまうところにユニークさがあるのです。では鈴音は死んでしまったのでしょうか。どうもそうではないようです。人生にはときどき、自分がまるで幽霊《ゆうれい》になってしまったように感じられる瞬間《しゅんかん》が訪《おとず》れます。そんな経験《けいけん》をくり返しながら人は成長し、新しい自分に生まれ変わっていくものなのだ、ということをこの作品は描《えが》いているのでしょう。

朱野帰子さんの『くらやみガールズトーク』という短編集《たんぺんしゅう》には、この「帰り道」の他にも、人生に迷《まよ》ったり傷《きず》ついたりしている女性《じょせい》たちが登場するホラー小説が多数収《おさ》められています。人はこうあるべきだ、と頭から決めつけてくる世の中の風潮《ふうちょう》にもやもやした思いを抱《かか》えている方は、一度読んでみることをおすすめします。

人間は死んだらどうなるか。死後の世界はあるのか。肉体が消えても魂《たましい》は残るのか。これらは現代《げんだい》の科学でもまだ答えが明らかになっていない、大きな謎《なぞ》です。幽霊《ゆうれい》小説が私《わたし》たちを惹《ひ》きつけるのも、この謎《なぞ》に物語の形でヒントを与《あた》えてくれるからでしょう。

幽霊《ゆうれい》を描《えが》いた物語ははるか昔から存在《そんざい》していましたし、人間が命に対する興味《きょうみ》を失わないかぎり、この先も消えることはないはずです。

[著者プロフィール]

有栖川有栖（ありすがわ・ありす）

1959年、大阪府生まれ。書店勤務を経て、1989年『月光ゲーム』でデビュー。2003年『マレー鉄道の謎』で日本推理作家協会賞、2008年に『女王国の城』で本格ミステリ大賞、2018年に「火村英生」シリーズで吉川英治文庫賞を受賞した。2022年には日本ミステリー文学大賞を受賞。

小野不由美（おの・ふゆみ）

大分県生まれ。1988年作家デビュー。1993年「東京異聞」が日本ファンタジーノベル大賞の最終候補作となる。2013年『残穢』で山本周五郎賞、2020年〈十二国記〉シリーズで吉川英治文庫賞を受賞。著書に〈ゴーストハント〉シリーズ、〈営繕かるかや怪異譚〉シリーズ、『屍鬼』『鬼談百景』など。

小池真理子（こいけ・まりこ）

1952年、東京都生まれ。1989年「妻の女友達」で日本推理作家協会賞、1996年『恋』で直木賞、1998年『欲望』で島清恋愛文学賞、2006年『虹の彼方』で柴田錬三郎賞、2012年『無花果の森』で芸術選奨文部科学大臣賞、2013年『沈黙のひと』で吉川英治文学賞を受賞した。2021年には日本ミステリー文学大賞を受賞。

朱野帰子（あけの・かえるこ）

東京都生まれ。2009年、「マタタビ潔子の猫魂」でダ・ヴィンチ文学賞を受賞しデビュー。2013年『駅物語』がヒット。2018年の『わたし、定時で帰ります。』が大きな話題に。著書に『海に降る』『対岸の家事』『会社を綴る人』など。

編者／朝宮運河（あさみや・うんが）

1977年北海道生まれ。得意分野であるホラーや怪談・幻想小説を中心に、本の情報誌「ダ・ヴィンチ」や、雑誌「怪と幽」、朝日新聞のブックサイト「好書好日」などに書評・ブックガイドを執筆。小説家へのインタビューも多数。編纂アンソロジーに『家が呼ぶ 物件ホラー傑作選』、『再生　角川ホラー文庫ベストセレクション』『七つのカップ　現代ホラー小説傑作集』など。

〈底本〉

有栖川有栖「ミステリー研究会の幽霊」――『濱地健三郎の幽たる事件簿』（角川文庫）
小野不由美「雨の鈴」――『営繕かるかや怪異譚』（角川文庫）
小池真理子「ミミ」――『懐かしい家』（角川ホラー文庫）
朱野帰子「帰り道」――『くらやみガールズトーク』（角川文庫）

装画　谷川千佳
装丁　石野春加（DAI-ART PLANNING）
編集　北浦学

JASRAC 出 2409103-401

キミが開く恐怖の扉　ホラー傑作コレクション

死者たちの声

2024年12月　初版第1刷発行

著　者　有栖川有栖　小野不由美　小池真理子　朱野帰子
編　者　朝宮運河

発行者　三谷光
発行所　株式会社 汐文社
東京都千代田区富士見1-6-1 富士見ビル1F　〒102-0071
電話：03-6862-5200　FAX：03-6862-5202
印刷　新星社西川印刷株式会社
製本　東京美術紙工協業組合

ISBN978-4-8113-3216-1　乱丁・落丁本はお取り替えいたします。